张炜中篇系列

瀛洲思絮录

张 炜 / 著

人民文学出版社

图书在版编目（CIP）数据

瀛洲思絮录／张炜著．—北京：人民文学出版社，2018
（张炜中篇系列）
ISBN 978－7－02－014419－8

Ⅰ.①瀛… Ⅱ.①张… Ⅲ.①中篇小说—小说集—中国—当代 Ⅳ.① I247.5

中国版本图书馆 CIP 数据核字（2018）第 157253 号

责任编辑　李　磊
装帧设计　崔欣晔
责任印制　徐　冉

出版发行　人民文学出版社
社　　址　北京市朝内大街 166 号
邮政编码　100705
网　　址　http://www. rw-cn. com

印　　刷　中煤（北京）印务有限公司
经　　销　全国新华书店等

字　　数　90 千字
开　　本　880 毫米 ×1230 毫米　1/32
印　　张　6.75　插页 2
印　　数　1—5000
版　　次　2018 年 11 月北京第 1 版
印　　次　2018 年 11 月第 1 次印刷

书　　号　978-7-02-014419-8
定　　价　39.00 元

如有印装质量问题，请与本社图书销售中心调换。电话：010-65233595

张 炜

当代作家。山东省栖霞市人，1956 年出生
于龙口市。1975 年开始发表作品。

2014 年出版《张炜文集》48 卷。作品译为
英、日、法、韩、德、塞、西、瑞典、俄、阿、
土等多种文字。

著有长篇小说《古船》《九月寓言》《刺猬歌》
《你在高原》《独药师》《艾约堡秘史》等 21
部，创作有中篇小说《蘑菇七种》《秋天的
思索》等若干。

目　录

瀛洲思絮录

　　齐人徐市（市，也作福）等上书，言海中有三神山，名曰蓬莱、方丈、瀛洲，仙人居之。请得斋戒，与童男女求之。于是遣徐市发童男女数千人，入海求仙人。

《史记·秦始皇本纪》

　　秦始皇大悦，遣振男女三千人，资之五谷种种百工而行。徐市得平原广泽，止王不来。

《史记·淮南衡山列传》

　　徐乡城，汉县，盖以徐市求仙为名。

《齐乘·古迹卷》

第一章

……

在漫长无边的徘徊中，在经年累月的沉湎中，人会认梦成真，呓语不息，以至于手记自诵。分不清是我还是徐市，乘楼船登瀛洲，宽袍广袖。从此一别卞姜（注：卞姜，齐人徐市的妻子，东莱人），挥泪而去。

徐市（福）为秦王采长生不老药一去不归，携走三千童男童女。斯人离去三千年，历史传奇或已渗入几代人的血脉。我们已渐渐不再满足于此岸的遥想，于是转而倾听彼岸的诉说。

……我一度非常谦卑，以便遮掩内在的顽皮和狂妄。只有极少数人知道我的底细、我内心的隐秘与曲折。我常常在深夜、在一人独守时让思绪任意飞翔，放纵心猿于九霄。那时我已过而立之年，开始学会了息声敛口，极少诉说和相告，哪怕是对挚友、对爱妻——我与她已不能分离。我对其何等疼怜。多少年了，她因我而历尽坎坷，我们真是相濡以沫。她总是无望地期待，直到最后。万般愁绪都连着一个"走"字、一个"逃"字。无言的长夜，卞姜吻我不止。

她原是商人之女。黄县这个地方出了不少巨贾，贩桑麻、粳米、丝绸，去临淄、泰南，西走鲁国、远涉长安。她的家世颇有来历，算来还是滑稽多趣、大名鼎鼎的淳于髡的表侄女。

我们都深藏了一句话，都知道秦吏不会让我们同登楼船——随着那个时刻的挨近，夫妻二人都缄口不言。午夜青杨细语，南风徐徐，此岸在赠予我们最后的温情。

后来一切果然不出所料……

儿女情长，英雄气亦长。几年光阴转瞬即逝，我成了一个小心翼翼、四十岁两鬓皆白的俊男。我离开了她，我们从此永远只能隔海相望。我的故事太多了，如今都留在了那个海角、那片大陆。我也远离了对手。遥望彼岸，此时依稀可见阿房宫里烛光辉煌。这让人衰老的光,这让人迷恋的光。而今我足踏凄凉蛮地,正可以像春生野草一样茂长。

当年,我在百无聊赖、无计可施、等待和观测之时,几近绝望。经验和苍老的皱褶都掺在其中了。人在疲惫中成熟。懒得行动中的行动往往也可举大事。

我三十八岁那年的一个黄昏,发现持简之手颤抖不已,视物昏花。一阵惊惧之余,心生万分急切。它催人奋力,又加剧人之萎颓。我常常也只有让顽皮的畅想来稍稍滋润,等待来年如期萌发之青杨。

长期以来,海角上只有少许人知我酒量,也知我身世来由。他们都是守秘的命友。如若不是一介草莽,那么放怀狂饮者可能正预示了他的顽皮。而在秦王的那班臣僚眼里,世上的顽皮者或可不必提防。这自然是个小小诡计。

能够一走了之的人,都是旷百世而一遇的妄徒、圣人、色鬼、术士,是从不兑现的大预言家,或者是个酿私酒的人。我后来被看成了他们当中的一个。我最好沉默。

那是一场庄严的赌。本钱很大，押上了身家性命。我一直悄悄埋藏着使命，后世人却要一再地发掘，并将其放在阳光下照晒。可是他们不会知道这使命的青苗萌发在什么根须上。他们怎么也弄不懂，因为终究与我隔开了十八重的冥界。我很爱后来人，爱他们的鲜嫩如花。但爱又极易埋没理性，我镇定下来时，却不由得生出阵阵悲凉。

他们往我身上涂抹难闻的垢物，比如把我说成一个绝望而无义的骗子，尽管并没有多少依据。这种涂抹与我当年做过的事情性质相似，所以说等于应了"吾之初衷"。可怕的倒是另一些人的相反的举止。

那些人是些虚荣的地方主义者，所以又会施与我双重或多重的误解。古怪的推测，小肚鸡肠的盘算；连船队航行之迹都茫然无知，更遑论其他。他们的虚情假意于事无补。地方主义者从来睥睨精神，却又企图依此挽救萎缩的经济，甚至公开无耻地宣称要以之骗取物利。

他们奉我为"伟大的航海家"。"伟大"倒谈不上，因为东渡瀛洲者我既非第一人，也不是最后一人。那些黄县沿海和周遭岛上渔人，不止一次在风暴中抵达这片无名的荒凉。与他们不同的是，我将这片荒凉派上了更好的用场。对于一个人而言，关键是要有超凡脱俗的眼光，那一瞥之间的识别、鉴定，以及心中生出的奇思妙想，往往是凡夫俗子一辈子都难以企及的。

我说过自己曾经狂妄而又顽皮。有人会直盯盯地看着我两鬓的白发，怀疑这种"夫子自道"。其实他们不懂。智者就在游戏中衰老。有时游戏也很麻烦。

嬴政王可视为我的游戏伙伴，而非仇雠。我当年甚至多少喜欢上了这个目如鹰隼、鼻如悬胆的西部人。他的衮袍与冕旒都遮不去那一身顽皮相。有游戏能力的人即便尊为帝王，也未能免除这一特征。嬴政当年长我许多，一举一动颇为敦厚，步履迟缓。他像一切热衷于游戏之道的人一样，乐于忽发奇想，筑长城建阿房，拜月主求仙药，愈到老年愈是迷恋起这些玩意儿。

作为东莱故国的贵族后裔，我的仇雠是齐，而非秦。秦为齐之仇雠。这之间的交织参错真是奇妙。

齐灭莱夷，而秦灭六国。齐是莱夷人的直接毁灭者。虽然齐人后来乐于说齐莱一度交好，化莱为齐；但实际上那是齐人灭莱，空取渔盐之利。齐人做梦也想不到的是，"螳螂捕蝉，黄雀在后"，齐国很快重蹈莱夷的覆辙。这即便不是通常莱夷人所说的"报应"，也算是命数。

国与人的命数一样，神渺变幻不可推测。

我自有一个预感，它关乎秦王嬴政：这个"千古一帝"身后也隐隐追踪着一只小小的"黄雀"，这恰是他始料未及的。他已疲惫，而那只千娇百媚的"黄雀"正当青春，在三月天里翻飞嬉戏，以逸待劳。我预感到他也"快了"。

谁身后没有一只小小的"黄雀"呢？

午夜走上甲板，从海湾里望去，到处是密集的楼船。这在荒凉之地的土著看来，无异于一场梦魇。飘忽游移的灯火与水波互映，流动闪烁，神妙难喻，在我看来也是五千年未曾经历的奇观。

这正是我的一个首创，一次得意的杰作。从闪亮的船灯上判断，赖在船上者大有人在——我已三番五次令全部人马分营逐日登岸，一月内筑屋垒城，安营扎寨，船上只留少许守备……看来经常返回楼船的不仅是"童男童女"，还有弓弩手和方士。他们像我一样，需要经常嗅一嗅船上的气味。舱里满载了莱夷的气息，彼岸的烟熏。

我曾把他们频频返回船上视为怯懦。因为土著时常劫营，较之岸上新营，船上毕竟安全多了。现在看是我在妄断：能随我穿越茫茫浪涌叠嶂、穷十万水路者，哪有这么多怯弱之辈！

像我一样，他们这是最后的徘徊。……看着这片摇荡的船灯，我心中渐渐生出一个残酷的决定。

这个夜晚，我仿佛看到彼岸的卞姜潸然而下的泪水。捧起你纤纤十指，抚弄你散发着丁香味的柔发，吻去这满脸晶莹。我在这午夜异乡为你祈祷了，同时也告诉你一个惨凄的决断：十日之内，我将下令焚烧所有楼船。

这就切断了退路。

同行挚友纷纷设问：如若秦兵征讨，我们将无楼船水上对阵，岂非死路一条？答：吾辈身后是平原广泽，即时必引秦兵于陌土，决一死战。又问：若土著倚仗土熟势众，群起而攻，无楼船周旋，又复何为？答：借土求存，蒙恩在先，非万不得已不可与土著纠战；即便生死攸关之刻，也只能背水一搏……

如上场景反复对演。吾虽言之凿凿，心中却不免愁伤。

午夜的茫海，闪跳的灯光，在送达和预言什么谶语？我自知不可自恃自负，听任冲动，信从匹夫之勇。可是与我同行者有所谓的"方士"，他们是流徙多年、越过荒原和城邑苦苦寻觅的学人罪臣；有痛别故土父兄、稚嫩如花的三千童男童女；有勇气过人、历经十二次死灭的弓弩手；有冶炼打造、修筑测设、技盖天下的百工。这些人不仅需要"落地"，而且需要"生根"。

这一行人与秦王嬴政展开的游戏，是千年不绝的、冤鬼一般的纠缠。

嬴政王的死灭尚可期待，但与他面貌迥异、神髓相同者却会衍生不息。如此一来，一切将未有穷期呢。

　　我与卞姜这二十余个春秋，有多少分离聚散。她一开始既知我的来路，也深知我的去路。随上我，就好比乘上了颠簸之车，忍受长旅饥渴，挨过寂寞冬夜，还要经历绝险的危崖。我们遍尝苦汁的煎晶，真是九死一生。一般的男儿忏悔已经轻若鸿毛，她不必再听一声一字。对命的感知和彻悟使她的双眸漆黑如子夜，美丽如祥云。在后来的日子里，我们常常相对无语。要说的似乎又太多；那就来世再说吧。我是宁可相信有个来世的。我也许将人生看得太奢侈了……

　　这习习海风让人想起那次齐都临淄之行。当年我立刻被这座东方最繁华的都市给迷住了。不消说，我们莱夷故国的城邑是无法与之媲美的。可是莱夷故国有着另一种庄严气象。临淄街头熙熙攘攘，那一片有光泽的脸，还有身上叮当作响的饰物，都给人难言的感触。这是无法表述的。

　　在一个富庶敦实的国度里，一再地言说自己的亡国之忧显然不合时宜。我那时一刻也没有忘记，正是齐国的刀戟折伤了莱子古国。可是我已经在那个秋天扑扑落地的叶片上，看出了此地的不祥。

那个秋天，强秦于中南部连连得手，还远未迫近齐国。这里还是一片升平。齐国倚仗自己强旺的兵源、巨大的无可匹敌的财富，还有独特的文化上的优越感，傲视于东方和西方。强秦对齐国之恐惧已尽在不言之中。作为一个莱夷人，一个隐名埋姓行走在齐都的莱子国贵族后裔，我必得深深藏起那种嫉恨、羡慕、焦思和惆怅……各种复杂难言的心绪。我踯躅于临淄街头，回顾了莱子国长达五十年的历史，两手生满汗粒。

难忘第一次听齐乐。那是使人心魄荡动的享用，超过了一场盛宴。以前传闻孔丘闻齐乐而醉，以至于长久"不知肉味"，这次亦有同感。我深知一种艺术植根于一种文化，而一种文化又植根于一种土壤。时间的隐秘、命运的隐秘，都掺和在如泣如诉之中了。相当完整和周备的物质与精神的历史、老大倨傲的自信与慵懒，都能从中隐隐地感到。我不知当时热衷于展放"大言"的孔丘是否要暂时敛声失语？反正在我看来，一种成熟的、独特的艺术，必会传递出无法言说的压迫力——它在让人赏悦的同时又悄悄地折伤一个异邦人的自尊。

当然，如果我是个"世界主义者"，那时的心情又当别论了。可惜无论那时还是现在，我都未能升华为那样的一个"主义者"。我的血脉在作祟，我不得不向自己投诚。尤其是在当年，我只懂得遵循莱夷人奇特而淳朴的义理。

长期以来我都在苦苦求索齐国灭亡的根源、它在更早时候所出现的颓败的端倪。这种求索当然包含了更根本也是更重要的探究——我们莱夷人自身的命运。这在我的先辈那儿，已经做过了许多。但这种探究是无有止境的。今天，一个人不能因为一场亘古未见的大迁徙而终断这种探究，不然就是对自己民族的亏欠。

卞姜，我的至宝，我的露珠和羔羊……夜深了，我尚能在这楼船上滞留多少时日？舱室里有你的气息。你和孩子在船队驶离黄水河港的前夜还伴我留在船上。只是在最后时刻，在那个黎明，秦吏宣谕，将我们生生分离。那是个令人不堪回首的时刻、一

个人所能经受的最惨烈的场景。那才让人明白什么是
"骨肉分离"。港口上，子与父、妻与夫、慈母与娇儿，
哭成一团。我亲眼见号啕之声催动了尘埃，霎时遮
去了霞光……

我令手下人展开一庞大工程，沿新营周边山麓筑
墙。有人立即指斥我重演秦王筑城之苦。此言或许
有理，但却是不得已而为之。从长远计，此岸也需
要一座"长城"，当然会比秦王的小多了。从营地北
侧二十里之山麓修起，沿山脉蜿蜒西行一百六十里。
此工程不可谓不浩大，但可以分别施行，按急缓分
段修砌，并不求一朝一夕之功。真正拒敌者既非砖石，
也非利刃，而是人心。筑城的紧迫当唤起悚悚之心。

焚船大火直烧了三天三夜。这火光会让我一生谨
记。所有人都呆立岸边，泪水不断。最后有人跪向
彼岸喃喃祷告。我得用力忍住。

大火引来三五成群的土人。他们站在山岈呐喊，
后来又惊慌疑惑，久久不语。

有人担心他们四散逃去后会把这消息散布开来，

给营地引来新的劫难。这种担心极有道理。我已让各营加强戒备，值勤兵士增加一倍，同时加紧武器打造。随船带来的铁料终有用尽之日，百工开始在四周山上勘查铜铁矿源。

土著大致使用石器，尚不晓织造冶炼之术。他们携带的武器只是木杖、弓箭和石擂，身上裹缠的是草叶树皮、兽皮茅荐。为首的头人只在额上添一羽冠，看去倒也威风。可怜他们勇武有余，马匹也像主人一样峻烈，只是不堪一击。他们射出的箭镞都是一种黑色硬石琢成，除非近射瞄准，不然很难致命。尽管如此，营中仍有数人中镞而亡，原因是箭镞上抹有一种毒液。邪毒到底如何解法，医士们也束手无策。

如何对待土人，内部争执极大。有人断言：疆土之争从来是战而胜之。他们列举秦与燕赵、齐与莱夷。也有人指出我们面对的并非强虏大国，而是土著草民，乌合之众，切勿赶尽杀绝；再说浩浩楼船蜂拥而至，实在也够他们惊惧的了：以前未必就没有较文明先进之种类出现，那些人带来的极可能是欺凌和鲜血。最不能忘记莱子国破城之惨，莱夷人移居、遭散、灭绝。那时强悍的莱子国不可谓不勇，简直个个视死如归，但面对人多势众的齐兵还是落个战败。今日土著之处境犹让人想起昨日之莱夷。

营地遭受的劫掠越来越频，新坟叠叠——所有坟碑都面向彼岸，愿漂泊他乡的鬼魂得回故土，至少是能够遥望。

对土著的征战趋于激烈。

我面对流淌的鲜血，滋生了前所未有的惧栗与痛苦。我决心用尽一切办法制止战争，无论付出何等代价。弓弩手言辞锐利，悍气正盛。营中谋士们抓耳挠腮，莫能果决。我令兵士后撤一百里，然后与土著相机议和，并赐予布匹、盐块、草药……

此番举措就像当初下令焚掉楼船一样，遭到群起而攻。为防万一，我让近身卫士日夜巡视，并混入百工武士之间，将一切谋变危厄剪灭在萌动之中。半月已过，战事稍息，营中尚未出现大的变故。但这期间有五个伍长被撤换、三个方士受到严斥。

土著把刚刚成熟的粳米掠走，并一度用马匹践毁水田。众人激愤。在我看来这宛若顽皮的孩童，可恼之余尚有可爱。我料定他们在抢掠与毁坏中也会学到不少益处呢。

深夜，除守卫的兵士而外，营地一片酣睡。独步帐外，仰望空中星光闪烁，难以平静。至下月初六我将度过四十六岁生日，每想及此就使我一阵惊栗。倏忽已近五十，对莱夷人而言，五十将是一道大坎，能否安度还是未知呢。我到底与空中哪一颗星辰对应？这也使我颇费心思。尽管属下有过肯定的指认，但我只当成猜谜一般的意趣，内心里并不认可。

作为黄县境内最权威的一个"方士"，我不可能荒疏了简单的占星术。不过我在摆弄那些罗盘、龟板、谶文之类，心中常常泛过一丝苦味。我不敢说自己是一个蔑视神灵的人，但却不能不充满了疑虑。这种时而临近时而飘逝的大胆念头在我二十岁之前就产生过。当时我认为这是诸种罪愆中最重的一种。

我发现此岸望到的星空与彼岸竟是同一片。这不禁让人猜想天宇之阔大，俗世之微小，想到人间巨变、漫长历史、种族的演化生灭，也尽是时光长河中短短一瞬。这让人不寒而栗。而个人的荣辱愁苦又如同山峦一般沉重。看来人的功名业绩直到最后也是想象生成，本质重量微乎其微。

如此而言，我将如何评价这场惊天动地的海路迁徙？

像追究莱夷人的神秘历史一样，我将去悟想自己的命数。我还没有愚蠢到不信命数的地步。我后来简直随处都能感知它的存在。是的，今夜此时它也仍然伏在身边。它将伴随生命的全部里程。我想行至五十岁的那一刻，也该对诸种莫大问题有一个圆满回答了。

手下人早在登岸之前，大约是船行中途时，就扯下了桅上的"秦"旗。随行秦吏兵士半数被杀，半数归附。这些秦兵几乎全部从西部入齐，口音怪异，与之相处多日竟不能辨析语义。完全倚仗别人转述。他们比起东部沿海人种，显得粗粝矮小，但更狡灵。作为征服者，他们简直没有什么自知之明，差不多个个倨傲自大，目中无人。西部人的优长与陋习，他们一无所遗地携来，并悉数贯彻推行。这些人固守秦地一切观念，顽强抵御齐莱风俗的熏染。东部人视为不祥的黑色，他们却尊为高贵的颜色。辛辣的烈酒，酸气大发的粥食，都是他们特别喜好之物。几乎个个厌恶腥味，对海鱼和贝类有一种本能的反感。而莱夷人素有生食海鲜的习惯，喜芥末面酱，这是必备的作料。此地饮食习俗为西部人所不齿，他们斥莱夷人为"蛮兽"，而忘了自己的族先曾在很长一段时间被称为"蛮狄"，视为野蛮恃武、尚未文明开化、至少比齐鲁落后五十年的种族。事实证明人类极不善于记忆，而失去记忆的结果总是先使自己受辱。人类的不同群落在文化上应有的个性与骄傲，往往让位于武力和强权的征服。似乎有了后者就有了一切，尤其是有了文化上的优越感。这何等荒谬。

船上人早已在暗中准备好了"徐"字旗。记得那个风平浪息的夜晚，几个人带着神秘的眼神将它展放在我面前时，令我何等紧张。汗粒生满额头，我竟顾不得擦掉。"君房（徐巿字"君房"），不必再犹豫了啊，是时候了啊！"他们声声劝导，一片至诚。我只问半途事变，问制服秦吏后的善后事宜。这是自我安定的缓解之机。他们回答了什么我并未在意。但也只是在那一刻的海风吹拂中我才突然醒悟。我声音轻细，却是异常坚定："把这几片布绺扔到海里去吧。"

几个人大为惊愕，面面相觑，唯不搭言。终于有一老者双手大抖叫道："君房！天赐良机啊，再犹豫不得，日久必会众人躁动，心无归宿……"

我望着半隐半露的银月。船上总得悬点什么。我忽然记起舱内有一面绘了阴阳鱼的八卦旗，看来只得悬它了——不得不说，我这样决定心中忍住了极大的厌恶。

他们再无反驳。看来没有几个人愿意说出心中的厌恶。或许多年来的"方士"行径，阴阳鱼的腥风已熏进心扉，早已不存厌恶。

我当然不敢睥睨阴阳，尽管它不是东莱的国学。我曾经求学稷下之门，亲耳聆听阴阳五行家的宣讲，对其深奥渊远大为叹服。我承认齐人邹衍集阴阳五行之大成；他最能吸引我的即是批驳儒墨的"中国即天下"。何等痛快，淋漓尽致！它与我心中某些期待和畅想正悄悄切合。他说"中国"仅是整个天下的八十分之一，有九个州，此可谓"小九州"。而天下类似中国这样地域宽阔者共有九个，每个都有小海环绕，这可称之为"大九州"。

邹衍的"大小九州"思想是我有生以来所接受的最大恩惠。我承认后来的一些奇思妙悟并非一人向隅而生，而是植根于很早之前稷下之士的"大言纵论"。当时闻其言思其理，犹若石破惊天。

既然每州皆有"小海环之"，那就不得不想到船。

至于后来频繁的祭祀、宣道、各种法术的演示、神仙学说，就不能不让人烦腻。可是舍此就无以生存：既不能取信于秦吏，更不能诚服于草民。在这个海角，在莱子国故地，一群"方士"已将邹衍之说推到一个极致，而且在形式上已走向了更为神秘荒谬的地步。阴阳旗下这种荒谬是如此巧妙地得到了掩饰，简直是庄严而神圣地大行其道。在当地人看来，世上一切皆需求问"神仙"，事事莫得逾越"道法"。

我知道自己终有一天会将阴阳八卦旗挥手投入海中，现在还不是时候……

城邑筑起，"长城"也蜿蜒西去四十里；土著们渐渐相邻为安，而且多有欣欣来者。他们得益于医药之术、五谷种植、器物打造、盐铁工技，百日之间飞跃了一千年。

诸事顺遂之时，人会滋生难言的愁绪，正可谓孤独寂寞。常常回想昔日的紧张与峻急、那稍有闪失孟浪即毁于一旦的历险。一般的游戏没有这样的历险，所以也仅仅获得一般的、微小的快感。要有灵魂震荡、根性漂移的大快感，就不得不冒绝大风险。

如果游戏的对手是秦王嬴政这样的鹰鸷，其快感也就可想而知。奇怪的是我在面对他时，阵阵泛起的恐惧与惊栗中还掺杂着一丝同情和怜悯。那时他就很像一个老人了，用力挺起的脊背已无法掩饰地驼下，咳嗽声较一般人更为粗浊；他那把卢鹿剑仍像传说中那样悬在腰际，不过却更多地让人想起一把竹箫或其他饰品，并无寒气环绕的威力。

我知道这些莫名其妙的情愫的滋生，远非一个智识人士出于文化上的孤傲，而有着更为隐蔽的深层动因。它源于生命的奥秘。我当时对他明显的老态感到了快意，进而产生了同情。

任何人都无法阻止那一天——让后来者内心滋生同情的一天。可悲之至。秦王并非像传闻中长得那么高大，在近处看去，他甚至有些羸弱。我想这多少也因为他那奇怪的、远非健康的脸色所致。很显然，他身上的华丽服饰已显得有些滑稽，与枯槁的形容反差太大，而且过于宽松。我注意到，他在端详我的时候，有几次是故作威严了，双目在努力闪出冷光。他在寻找"皇帝"的威声和感觉。他太疲累了，后来说话就颇有些家常气了；有两次他甚至免除了我的跪拜礼。

嬴政虚弱的身躯一半因为操劳、酒色过度；一半因为那些可怕的丹丸。进入齐地之后，他所能得到的各种丹丸较往日多出了十倍。有什么"赤丹""黑丸""玛瑙红"和"金粒"，其实五颜六色皆欺世之徒所为。

当年喜好神仙异术、长生不老药者，多为功成名就的人。他们就此了结一生，有些于心不忍。他们的长生之欲甚至不能简单斥之为贪生怕死、谋求更多世俗享用；因为其中的确有一些义务和责任在。他们建立和贯彻的功业，自认为刚刚行进中途呢，就此撒手未免轻浮。他们在大口吞服丹丸的同时，也未必不对其充满怀疑。大概在深夜的宁静中，他们最为嗤笑的恰恰也是自己。这大概也可以称为"自知之明"了。不过这还不足以阻止他们自己荒唐的举动。

我深知嬴政王的远虑近忧，所以能应对得体，进退有节。对其既不能虚言敷衍，也不能如实相告；有时要表现得疑惑重重，仿佛对命数惴惴不安；有时却要列举说明，言之有据。倾听者不仅只一个帝王，还有阴郁狡猾的丞相李斯，有左右一班文武。他们皆不是等闲之辈。

回想月主祠莱山下，秦王东巡营地那赫赫威严、重重冠盖旄节、彤云雾雨一样的幔帐……巨大的、生来未见的长营铺满厚毯，上面绣有五色菊花。所有这些都需庞大车队驮送，劳累无数草民。嬴政东巡三次，气势一次比一次浩大，身体也一次比一次衰萎。他作为一个治绩卓著的人物、一个好色之徒，都同时给我留下了深刻印象。秦都掠集了六国的财宝与美人，霎时粉黛无数，让老嬴政在其间步伐踉跄地奔走。

我仍怀念那种奇异的对话——盖世帝王与莱夷贵族的对话。一个雄居一统中国，一个心怀亡国之恨。秦灭齐丝毫不能引起我的快意，反激起我更大仇恨。我当时恨的不仅是暴秦，还有宿仇齐国。齐王拱手交出的不光是齐地膏壤千里，也包括泱泱莱夷。这一切暂且压抑，以持续一场奇异的对话，倾听异地君王那衰老粗糙、如同枯木折断时发出的"咔嚓"声。

他实在是老了，百疾缠身。我亲眼见他在短短一会儿工夫就起身去后帐三次。那显然是去解小溲这类，不消说肾气虚羸。丞相李斯对嬴政多有奉迎，诸事皆百般怂恿，可恶复可笑。李斯之流，我已无法在内心为其寻一丝辩词。而在其他功过人物身上，我皆能将身比身，量人度己，生出许多原宥。

秦王，就此别矣。

今天大概是我登上瀛洲以来最为欣悦的一天。我照例到了深夜仍未能入睡，轻轻抚摸一天来的感知与记忆。

历时两个多月，派出的绘图勘查者终于归来。他们此行至少受到三位土著头领襄助，不然一切都无从谈起。他们将把瀛洲山脉河流、环卫岛屿，一一绘上丝巾。眼下所勘的只是"大尖山"一带，约莫方圆三五百里而已。整个事项全部完成至少需要两到三年。"大尖山"是视野内最显著之山脉主峰，在我看来也是瀛洲的标志，因此我为之命名"蓬莱"（"蓬莱"，即今日本"富士山"）。

绘图者言及一路见闻，令人神往。待一切就绪，营地内外给以闲暇，我将亲自率人游历。瀛洲山河之美，以我所见所闻，并不亚于莱夷之邦。时下大部区域仍是刀耕火种，渔猎方式殊为老旧。一些见闻在我听来常常忍俊不禁。他们崇尚一些奇怪的神祇，举行特别的仪式，这在来自彼岸的人眼里简直就是愚傻疯癫。但我还是奉劝左右：不可轻率布道，不可妄言尊卑，一切皆由土著心性。如此日久，事情自然会良性演化。

我一度非常推崇"无为而治"之道，但又自忖一切皆有限数，"无为"当中遵从的"义理"又是什么？须知一切都会在"义理"中运行。这个念头折磨我许久。那时我还是一个顽强的"莱夷复国主义者"，一心所念之，就是尽一切努力恢复莱子故国。于是我不能不更多地研琢治国之道。在总结先人行迹治功时，我常有一些痛苦的发现。这些发现与后来所经历的一些困厄一起，动摇了复国的决心。

世上一切荣枯兴衰都消长有序。一个民族有"向上"与"向下"两种积累，这种积累虽然有时出奇地缓慢，却有极大的韧性和不可逆转性。它们一旦发生，非得有强力而不能终止。"向上"即健康与生长，即走向开阔与永恒；"向下"即萎缩和消沉，即逐步结束的过程。它们有时又颇难辨析，一时的假象也可能遮掩本真，使人得出完全相反的结论。

无论是东莱国，还是齐国，都曾经引起世人的许多误解。曾几何时人们还以为它是无可摇动的泰岳，想不到西风吹过，顷刻间土崩瓦解。

一个统治者不可不爱"人事"，但更重要的是爱"山河"。令人遗憾的是，我从历史典籍中倒看不出古人对此有多少深刻的认识。他们过于热衷于权变、武功，结果白白耗失了许多生命。生命之伟力往往潜隐不显，统治者误以为将其调动起来，比如秦王的修筑长城、楚国的泽国大战，即充分利用了它的伟力。其实这更多的是耗失。生命的伟力主要表现在"创造"上，"创造"即不可重复之生长，一如生命本身。给生命以自由，让其焕发"创造"之力，并加以引导和积蓄，那么这个民族才有不可限量之未来。

"山河"即四境之内，即流动之水和凝固之山。爱"山河"不是一味争抢，不是占据，而是栖居之权获得之后，与之发生的依恋之情。人不能将"山河"据为己有，再神圣的统治者也仅仅能够做到"栖居"。体悟生命与山河的关系，即体悟"子"与"母"的关系。大地生殖不息，从小小昆虫到赫赫巨兽，从微末苔痕到参天大树，何等神渺难测。以拘谨之心对待"山河"，去看守与卫护，敬若神明，正是栖居者的本分。

人世之间，除了"山河"能让一个民族获得伟力之外，其余皆不可信托。齐与东莱之毁灭，可以从中找出一万条依据，但有一个共同的征兆却从来被人忽略，这就是：两片土地上的栖居者早已不爱"山河"了。他们已经在不知不觉间"反客为主"，妄自尊大，对大地失去敬畏。这样的结果就是在一切方面的为所欲为，没有节制，最后耗尽生命的伟力，迎来衰败的结局。

由于这个过程是漫长的、一丝一丝完成的，所以谁也难以察觉难以挽救。

耗失生命的方式是各种各样的，于是这又成为一个十分复杂的话题。剖析这一切，分条梳理，也许要费去我这个漂泊者的下半生。

这确是我最愉快的一天。因为这一天我伸手触及了心中美好的悟想——"生命""人事"与"山河"之间的关系。我凭直觉揣摩到了什么，所以才对勘查绘制如此重视，视瀛洲寸土寸金。我深知它是滋生万物之母。每一片"山河"都有自身的力量，无可匹敌。对它的信任，是走向健康与强大的开端。我常常端坐帐外，一动不动地凝视"大尖山"——蓬莱山。它碧绿的基座、苍蓝的山腰、白雪积叠的尖顶……真是美丽如画。它让我想起黄县中西部的莱山。

第二章

　　每天需要亲自料理的事务繁复杂乱，如浪涌山峦般堆积。左右一二位伴随多年的挚友戏言：功莫大焉，开国之君！被我严厉制止。我的口吻之重、声气之粗，事后连我自己也稍稍吃惊。有什么拨动了我之心瓣，一下下楚楚难忍。

　　我恐惧于走进那个结局。它像一个难逃的围网，正将我牢牢罩住。我变为一头喘息的动物，已经挣扎了许久。待这动物喘定，精疲力尽之时，我大约就要称"王"了。

　　我未曾见过几个能够"挣扎"的王。他们都丧失了那种能力，然后被左右移入殿阙奉供起来。王在高座上休养生息到声气粗壮时，再发出几声吼叫。但那已非人声。

　　他们时下正急于把我变成那种人人畏惧的稀罕动物。这是残忍的预谋。令人心寒的是预谋者正是我的一些挚友：我们曾共赴危难，咬住牙关忍了几十年。他们问我还等什么？这连我也难以回答。因为我自知离那个完美之境、那个长久的想念还尚为遥远，还待描绘；比如说它该有神思一样的随意和自由，有纵横驰骋的辽阔和旷远，有既不自囚又不他囚的安定从容，有日月巡回般的美好节奏，有四季轮回那样的变幻斑斓。

这都是在漫长苦难之中形成的梦想。它也许永远是个梦想——但我不能去亲手毁坏破碎它。

它还能存在多久？

面对左右，我已无语。他们说：君房已经变了，变得难以揣测。我想告诉他们，迅速蜕变的恰是你们自己，而非君房。我在固守和持续那个梦想，而你们正在告别它。自从庞大的船队驶离彼岸，一粒心籽即开始霉变。那一刻岸上旌旗高扬，秦吏吹响螺号长管，你们唇边只藏下一个讪笑。船队与秦王维系之纤弦正在断掉。记得我当时登上后甲板，凝视船后束束白浪，心中何等快慰。我知道这个时刻，历史上最奇异难解、最隐秘也是最易遭受误解的伟业，已经进入了巅峰状态。

那个时刻我就稍稍预感到，尔后向我们这些人逼来的，也许将是比秦王还要难以规避的什么。它无以名之。它的力量无可匹敌，因为它就出自我们心中，是从我们自己命性之根上萌发的叶芽，它饱含的毒汁将使我们自身丧尽青春。

这也等同于死亡的威胁。一个人震栗恐怖之余会产生不尽的愁绪和痛苦，还有悔疚。这种死亡比起肉躯的毁灭更加可怕。因为后者是自然的、谁也不能逃脱的。另一种死亡则是先于肉体的，那就分外悲凄。它会粉碎我们的全部希望。

在四十七岁生日的前夕，我极想把一切重要思绪廓清。哪怕先让其清晰起来、疏朗起来也好。这太难了。眼下正有无数烦琐，每天至深夜还有诸多呈报、重大事务、消息。因为事关城邑和营区安危，我不能漠然置之。这期间给我巨大震惊的是，前一个月营内有人谋反，领头的竟是随我多年的"方士"！他在暗中笼络了三个伍长，甚至不惜使用叛心不死的秦吏。

谋叛在数天之内即被平息。那支小小的队伍逃向蓬莱以北，妄图与一支桀骜不驯的土著会合。他们携走了大批武器，还有草药、丝绸。可怜这干人马还未能与土著合手，就被淳于林将军率领的护营兵士围困起来。战斗结束之快大大超出我的预料，待我得到消息与一队卫士赶到，那里已是一片狼藉。

叛者头目，那个十余年来一直忠心耿耿的方士太史阿来，在最后时刻畏罪自杀。随他自杀的还有两人，一个是三千童男童女的领班，那个面皮有些浮黄、生着一对硕大乳房的女人。此人年届三十，颇有姿色，一对黑目灼灼有光。另一自刎者是归附的秦吏，四十有二，面皮黝黑，平日里闷声不语。

所有叛者都被缴械，此时一一缚起双手，全身大抖。我让身边人传话淳于林将军，请他为这一拨人松绑。我的命令被执行了。

自刎者皆给予厚葬。他们的坟头都留在蓬莱以北地区——一班人出逃之地。我想他们既然慌悚逃离城邑，想必是心生厌恶，于是就让他们安息在远一点的地方。

此事件让我产生的惊惧久久不能消逝。我一度放弃了一切事务，在帐中独思。

头脑一片混沌，而且伴阵阵剧疼。医士赶来为我号脉，煎药扎针，用木槌击打穴位，料理半晌。可是周身仍疲累无比，常常涌出虚汗。我不得不卧榻休息，倾听自己的呼吸。我抑制着不去想"太史阿来"四字，可是总也不能。我还能记起两人一块儿去乾山（乾山，在黄县徐乡古城东侧）大祭的场景，仿佛仍能嗅到燃过的香木气味，看见他手扯袍袖，悉心摆放祭器的模样……秦王第二次东巡登临莱山，我携几位方士前去拜见，其中就有这位黄脸疏须的男人。

思絮飘到碧波涟涟的海上。那是船队驶向中途，秦旗纷纷扯下之后。自上船以来，我一直保持深夜到后甲板踱步的习惯，即使风狂浪大也要勉强去站一会儿。那一天风清日朗，我从舱中出来。护卫的兵士通常把住通向后甲板之路；在楼船的最顶部舱口还有一个值夜者，他从那儿可以瞭望大半个甲板。

我仰望天空，像往常一样久久凝视故乡之月。尔后就是去看那神渺难测的夜海。记得那海极为平静，

颜色苍蓝；靠近船体处，不时有一二跳鱼飞起。后来
我听到通往楼船底舱的木梯在响，声音迟缓，不像
是我熟悉的脚步。月光下一个身影出现了，是个女子。
她身躯略胖，那长长的、在身侧悠动的一对长臂让
我一眼就认出是女领班。我心里立刻有些不快。

她在那儿停留了一瞬，后来还是大胆地走来。我
伫立甲板，觉得落在她头顶的月光有点怪异。其实这
女人一直引起我的注意。我在船队尚未出发时就观察
过她，从那对黑得发紫的眼睛里看出某种神秘意味。
她的面色像胡萝卜那么红润，裸露的双臂像被河水
长久浸过之后，又经太阳炙烫，熟得如同刚刚出笼
的发糕。

"我的先师！"她垂下头，在离我两步远的地方
低声呼叫。

"为何深夜不眠？你有什么要紧事情禀报吗？"

她双臂按在心口处，实际上紧紧地抱住了自己硕
大的双乳："先师！我睡不着。我被奇怪的灵光照着，
从上天传来的声音进入耳廓、心中，让我喜悦又害怕。
我激动得疯癫一样在舱内走。后来我觉得必得把所知

所闻——禀报先师了……先师，我一直瞒着您的是，我是一个'通灵者'……"

她的声音在冰凉滑润的月光下显得阴郁低沉，让我心中一动。我不禁发出"哦"的一声，她立即抬起头来。

我看到她满眼里都是晶莹的泪花。出于感激和怜惜，我的手动了一下。那只是一种下意识。可是她却猝不及防地靠在我的胸前。我清楚地感到了她那一对巨乳是何等温热和柔软。但我的头顶像被一只冰冷的重锤敲击了一下，浑身一震，我立刻把她扶正，让她好生说来。

"我真是个'通灵者'。这样许久了，在夜深人静之时，我能够与天上的声音对话。那是无声之声，只有我一人清楚……"

"哦！那声音说了什么？"

"那声音告诉我，新王率领我们踏上的，将是鲜花遍地的极乐之地。我问谁是新王？那声音说新王即在后甲板上踱步……我的先师，我若有一个字的编造，那就是欺君之罪了！"

她跪下来，浑身抖动。

我这一次并未立即将她扶起，而是害怕地退开。我在五步之遥看着这个胖胖的女人，强抑着说不出的震惊。这样许久我才轻轻吐出了几个字，自己也首先感到了它的威严和重量：

"你回舱里去吧。"

"我的先师！"

"回吧。"

她抖抖站起，泪水哗哗流下。她嗫嚅："我永远是先师的奴婢，永远……先师可以把我扔了，像扔一只小虫，可奴婢的心是不会变的……"

她消失在通往下舱的梯口。

一种得意而又厌恶的复杂情绪攫住了我。那个夜晚我睡不着了。在后来很多日子里，我都想把那个噩梦般的场景遗忘，可是不能。一个人的时候，我只求助于对卞姜的回忆，想让她来帮帮我。

那天，在蓬莱山北，几具血肉模糊的尸体让我从惊愕恐怖中镇定下来。我仔细看了太史阿来最后的面容，发现他出奇地安详。我又看了那个"女通灵者"，觉得她比生前美丽，甚至有些娇艳；只有眉梢那儿，留下了明显痛苦的痕迹。

　　因为新建的城邑经受了第一次谋叛，无形中比过去显得肃穆和沉重，简直有了一点古城的端庄和神圣意味。淳于林将军未经我的许可，自发决定了诸多事项，城邑内更加戒备森严。我的居所有了双倍的护卫者，我将其驱散，他们就在不远处游弋。

　　淳于林是个英俊的中年人，少我七岁，具有无可置疑的莱夷血统，而且还极有可能是卞姜的族亲。我们有十余年的友谊，他曾随我多次远游密访，是一只藏而不露的莱夷利剑。他给予我的则是双倍的安宁和双倍的痛苦。我不认为自己这一生还会像倚重他一样，去倚重任何人。

　　我在五年多的时间里，毫无来由地为一种感知而痛苦。它折磨着我，一度甚至超过了任何其他忧烦。我莫名地觉得他与卞姜深深相爱。这种爱好像无法言说，也无从考查，因为它仅仅埋藏入心。有一段时间我曾暗自留意，观察他们在说起对方名字时，或可出现的特异神情。没有。其他蛛丝马迹更是难觅。我只是有一种感知——可惜我从来都相信自己的感知。因为在其他方面，这感知总是被一再地验证。

大约是秦王第二次东巡、在琅琊拜见这位黑衣帝王之后的第三天深夜，我一直毫无睡意，而且惊悸之感越来越浓。我仿佛感到说不清的危难正在逼近，如闻巾帛裂断之声。我一遍遍坐起。四周皆无声息。我知道帐外有游动的士兵，戒备森严的秦王大营自不必提心吊胆。我又和衣躺下。只是一会儿工夫，那种极大的危难逼近感又出现了。我再无犹豫，起身取剑——也就在这一刻，我看到两个黑影闪身入帐。我猛喝一声，举剑迎击。混乱中一人被我刺伤，另一个很快窜去。

类似场景还有三次。都是我的预先感知能力救了我。

淳于林对我忠贞不贰，这无须怀疑。而卞姜与我是患难与共的夫妻。我们一起挨过了血泪交织的日月，也有欢畅忘我的时刻，我们生下了两个儿子，一个早夭，一个现已长成，就是与母亲从不分离的"小林童"。卞姜怀念我们一起居住在徐乡北面丛林小屋的日子，故而给孩子取名留下一个"林"字。可如此一来又占了另一个人的"林"字。类似不着边际的胡思乱想还有许多，都合在一起折磨，让我徒添皱纹。

我甚至认为，淳于林对我的忠诚至少也掺和了一点对她的挚爱。我也相信淳于林正因为这爱而经受无法表述的巨大痛苦。因为爱的确是一种奇怪的物质，性欲、拥有、冲动，它们与爱还是有所区别。爱之不能忘怀、不能摆脱，就像不能赶开自身形影。只要日月星辰不灭，这形影就不灭。我深深地领受和经历了，因此我不仅懂得，而且无力责斥淳于林。

只是我无法战胜深埋深处的嫉恨。它如毒蛇一样缠裹，又如火焰一般焚毁。

对于这次叛乱，我深信不疑是太史阿来与"女通灵者"的一次绝望的合作。他们是一对通奸者、妄想狂、浪漫的信徒、走向极端的追随者。我还毫不怀疑，他们这十几年来对我都一片忠诚，这忠诚浓得无法剖析和定量，也许只有死亡才可以与之相比。他们都可以为我去死。至于死的方式，倒是各种各样，他们会仔细选择。眼下的结果仅是方式之一。

如果说他们的叛乱是为了加害于我，那还不如说是在寻找死的方式，是匆匆走向殉道的结局，是铤而走险地表达对我的忠诚——最后的一次表达。因为他们想加害我，完全可以把握更好的机会。这种机会真是多得俯拾即是。比如与秦王及手下鹰犬的周旋历时十载，还有选童男童女、打造楼船备五谷集百工，随时告密构陷，都可以置我于死地。他们那时睡着了吗？当然不是。

我重温往昔，一个个场景历历在目……太史阿来登临瀛洲以来，曾屡次劝我称王，几乎每次都声泪俱下：那个月夜船头，鬼迷心窍的"女通灵者"——我突然明白，那个女人听到的"天上的声音"，其实只不过是他们簇拥一起时的谵乱之语。

他们太性急了。他们感到了时光的无情催逼，觉得有点来不及了。他们大概不会自信成功。因为他们都知道我手中有一把莱夷利剑，出类拔萃、超出想象的锋利。至于那三个随同的伍长，本来就是几个愚人武夫——他们的愚蠢和胆怯到了这种地步：直到最后也未随新主自刭。

随我登上瀛洲的各色人等多达四千人。但我还是对太史阿来和"女通灵者"的死亡感到痛惜。

这痛惜是真实的。伴随他们一起死去的，是一生再不能重演的岁月，是彼岸的时光，是莱夷之地的烟火气……愿他们安息。

整整三天的时间，我的思绪都围绕着太史阿来与"女通灵者"，渐渐生出疲惫，我再不愿想他们，于是打开大门步出营帐。我想到那些作坊里走一走，那是百工们一显身手之地。城邑内分设"六坊"：丝织、炼铁、锻造、制简、物器、盐工；还有"三院"：经卷、缮写、大言；至于士兵操练、防卫布置，除了我定期参与筹划之外，差不多全部交予淳于林将军办理。军机大事从来是一国一城之首务，关乎生死存亡。但我对这性命攸关事体却越来越厌倦。与其说我一概推给淳于林是出于极度的信任，还不如说是为了规避，为了免除烦扰。我最喜欢去的地方是经卷、缮写和大言三院。

不消说这三院的设置是受了稷下学派的影响。当年稷下学宫的盛况令我倾倒，至今想起仍是如此。我决心让彼地萋蒿之花在此岸灿烂盛开，而且有过之而无不及。经院是贮藏经典宝籍之所，并蓄有至佳学问者、随船而来的几十位"方士"——这些所谓的"方士"大半一踏此岸就扔掉了原来的营生，再也不"言必称神仙"了。他们分别来自六国。经卷院称得上是整座城邑的心脏地带，我视为手足。缮写是抄录经典之所，为防万一，从彼岸携来的宝典文书四千二百一十六卷册，要逐一抄写备份，并分别存放，以避水火兵乱；其次，学士每有崭新著述，皆由经卷院议定，也必由缮写院大录数卷，或存起或传阅。大言院是学士诸人每日辩论之场所，设有讲坛、边座、听席、记录；邑内一切有益之思、深邃之想，都不必忌讳，大可一一放言。所辩论者，题目愈大、愈远离俗务，即愈被珍视。所言皆大：大境界、大气度、大念想。愈是如此，则愈受尊崇。

三千童男童女分布在六坊中。他们与年长者不同之处，是每人每月要进十二次学坊。学坊授课者皆为名士，分别讲授义理、算学、天文、农耕、渔盐、武事、文书，共七项。每半年考试一次，优异者给予奖赏。七项中的突出者，则特予鼓励，以备后用。我常常走入作坊或学坊，只见童男童女或繁忙纺织，或朗朗诵诗，心中大喜。

三千童男童女，灿烂如花。

我不由得愈加思念起儿子小林童。他今年该是十六岁了，正和这些孩子差不多的年纪。他如今怎样，正是我日夜牵挂之处。母与子相依为命，我孤儿与寡母！唯担心哪一天秦吏对他们母子下手。秦吏绝望中不会放过他们。我叮嘱卞姜：如骨肉分离那一天真的来到，一家人不能同船启程，那么首要一事就是携小林童隐入民间，远离徐乡。我把民间密友一一道出，卞姜哭成了泪人……

我从不记得她号啕大哭过。她总是无声地流泪。这不是一般女子的泣哭，不是一般的悲伤，而是面对宿命的无望。她熟知莱夷人的全部历史，对来路与归路有明晰无误的洞察。她为人生的短促、虚妄、怯懦、无能为力而哀恸。她从这不可逃脱的分离和撕裂之命运,看到了为人的全部隐秘。她已经无话可说,只有让那一双溪水潺潺而下。对于小林童,她已经付出和将要付出的,是我的十倍。我从未看到一个母亲像她那样携带自己延长的生命。那不仅是无微不至的呵护,还有面对一个新鲜生命所表现出的震惊诧异、巨大的喜悦——而一般的母亲在自己的孩子面前,一切都淹没在疼爱怜惜之中、即所谓的母爱之中了。神秘的母爱是无须区别的,可是一个女性面对自身分离出来的又一个生命,面对这人世间最大的奥秘,仍然有忍不住的惊奇流露出来。她对世界充满感激,这感激使她一次又一次热泪盈眶。

她感激的泪水与绝望的泪水掺在一起,流到了我的唇边。我品尝了天下最苦涩的液体。我长达几个时辰拥抱着她,唯恐这芳香温暖的躯体转瞬即逝。她在最后的时日里表现了过人的温柔。我想这是世上一切最优秀最聪慧的女子才具有的德行和灵悟。你纤纤十指滤过了急促无情的水流,把漂来逝去的游丝挽在掌中。无言的抚摸啊,默读了几十年的辛酸与欢娱。没有一个人——他或者是今生的挚友,或者是来世的智者——能够稍稍体味这午夜里的恐惧和哀愁。这都属于我们两人了。

可是在这个蛮荒之地的午夜，却必须由我一人面对这恐惧和哀伤了，还有其他。我必须面对人生最怯于面对的东西：背弃。我尽可能不去想这些，可是它总是不由自主地来打扰我。对爱、对一个约定、对无与伦比的信托和念想……这一切的背叛。它伤及灵魂，让人几度绝望。我的至宝，我的露珠，我的羔羊！你明白我在说谁吗？

当然，我首先想到了太史阿来，这个十余年里的挚友、追随者，还有那个如影似幻般闪动在身侧的"女通灵者"；甚至还有淳于林，这个让天下君王都会心生嫉羡的美将军；接着就是你了……我想我是疯癫了，一个人在最孤单无望的时刻，也许会滋生一些疯迷无稽的幻念。如果是这样，那么我也是一个罪人了。

我只确凿无误地知晓，我无比地思念你，还有我们的小林童。

我问淳于林将军：太史阿来和"女通灵者"为什

么会自刎？

淳于林将军用奇怪的眼神看着我，一时未语。

我觉得他的目光威严之中透着温情，确是魅力无穷。即便经过了几个月的风浪颠簸、一年多的疲于奔命、常人难以想象的百事操劳，他还是这么英气勃勃。这使我心里稍有不快。我记起他比我年少七岁，大卞姜一岁……我的目光从他脸上移开。

"先师，他们犯下了弥天大罪，死有余辜，也只能这样了结自己。"

我没有说什么。很清楚，淳于林的意思是他们死于恐惧。有一点儿。从彼岸过来的人熟知对待叛乱者的各种刑罚，车裂、肢解，甚或更为可怖的处置。不过他们在最后真的想过了这些？我浑身一震，惊悚之感涌过心头。不过我将努力从中寻出别的因由，更深的因由。那一对血肉模糊的躯体让我不敢凝视，但最后还是走近了。我惊异的是，太史阿来与"女通灵者"都大睁着眼睛。

死者的眼睛闪出一层荧光，那光浮在上面，即将消失。我极力想从这大睁的双目中看出一丝愧疚或其他什么。没有。但我相信总会有的。除了愧疚，还将有深深的斥责，但唯独没有仇恨，这是我能够肯定的一点。

淳于林说："如果不是追剿及时，他们一伙与那些土著合到一起，从蓬莱山撤走，祸患也将无穷呢！"

说得极是。这些人对于刚刚立足的城邑而言，必将构成心腹之患。他们送给土著的，不仅是精良的武器，还有可怕的计谋；除了这些，更令人生畏的将是无法探测的心之伤痕。这些我都反复想过了一千遍。可是我一直未能说出的感觉是，除却这一切而外，他们那对死而未瞑的眼睛呢？透过那层虚虚的荧光，我看到的是动人肺腑的忠贞，甚至还有爱——他们爱我，这正是他们用生命回告我的！我知道他们绝望地爱我。这种爱有时是难以表述的，人与人常常如此。为了这困难的表述，有时真的是需要生命的，尽管生命对于每个人只有一次，它异常珍贵……

正是这最后的念头重新泛起，使我再无心与淳于林谈下去了。我们最后草草议了一下筑城和防务，就匆匆分手了。他有些意犹未尽的样子，壮实的肩部拨开幔帐，无声离去。

他离去很久我还沉浸在思索里。因为我发觉自己的头脑从未像现在一样清晰明朗。我突然明白太史阿来与"女通灵者"精心策划的叛逃，竟是一桩连他们自己都不相信的荒唐之举。以太史的周密与远谋，以"女通灵者"的狡狯，他们不难看到最后的结局是什么。他们会像无知的儿童一样接受这无聊的冲动、热迷于致命的游戏？或者是几十年的困厄坚守、与秦吏捉谜般的斗法使其疲惫不堪，踏上此岸仍看不到个终点，伤心之至？而他们心目中的"终点"只有与我一起才能到达，离开了我，他们将是无能为力的，这我从"女通灵者"甲板上的那场倾谈中已略知一二。

他们在逼我走向那个终点，以死相谏。

我从未像现在一样怀念亡人。我在整整多半天的时间里紧闭屋门，想过了与他们在一起时的一切细节。特别是太史阿来，我们确是一对难友；除了他满脸细密的皱纹让我不能忍受之外，我差不多喜欢他的一切。他足智多谋，老成持重，不像我这个游戏者，总也进入不了角色。他有时甚至与我一起，构成了一枚钱币的阴阳两面。我那时总也不敢设想在失去他的那一天，我及我的事业将会怎样。因为他大我十余岁，会先我而去：每念及此就让我一阵伤痛。最想不到会有眼下结局。

自我们相识以来他差不多一直是我的提醒者。秦王第二次东巡，我们一起拜见始皇，归来后就由他筹划了一场祭祀乾山活动。那一次声势浩大，费尽心机，围观者不仅来自徐乡，还有黄县境内千余笃信神仙术者。秦王嬴政登莱山拜月主已有十一日，浩浩车队先锋已抵芝罘，却不断有秦吏将乾山盛举禀报上去。这博得秦王极大兴趣，也使黄县一带秦吏不敢妄为。尔后祭祀活动连绵不断，我们藉此邀集了八方挚友、沦落民间的百十位学士，让他们成为清一色的"方士"。这些人历经摧折，分别来自六国。秦王悍暴，一扫六合，名扬天下的学士纷纷隐匿。他们如同溪水一样从西部高地流向东方，自鲁入齐，再入莱子故地，在一块巴掌大的海角驻足。这块海角小得难以承受如此重量和巨大光荣。终有一天这海角会因不堪重负而坍塌。

太史阿来当年脸上还没有这么多细密的皱纹。他的脸有些苍黄，望去仿佛涂了一层蜡油。他说话时总发出拉动风箱似的"呼哧"声，走路摇摇摆摆，又让人想到他会不久于人世。可是那一年的夏天，当一个秦吏贸然闯入几个正在密会的"方士"中时，他突然挺剑而起。秦吏剑术颇精，且呐喊不断，步步进逼，气焰嚣张。其他"方士"中有持剑者，立时出鞘相助，却被太史喝退："别让这狄戎的血污了你们！"他面无惧色，沉着应战，平时的剧喘也消失了。随着一声霹雳般的呼叫，太史阿来挺剑一击，刺进了秦吏左胸……从此再无人将他视为孱弱之辈。

登瀛之后的第一要举是焚毁楼船。此举惹得一片斥声，特别是淳于林将军，简直面红耳赤；就差没有恃武护船了。赞同者凤毛麟角，其中即有太史阿来。此场景让我日后不断记起，感佩交叠。所以后来频繁议事，凡营中机要，无不与之商定。修长城、建城邑，都得到他的强力赞许。但我觉得其贡献至大者，还是帮我设置了"六坊三院"。

回忆像潮水般涌来，难以自持。我先是默念太史的名字，后来竟至大声呼起。护卫兵士被惊动了，营外一片急躁的走动声。我镇定下来，推门出营，看一片围拢的暮色。远处，城垛下游动着几个荷戟的兵士，太阳的余晖把他们身上的铠甲映出闪闪铜色，煞是壮观。我又听到了战马的嘶鸣，这让人想起那个叛乱的凌晨……一切都消逝了。他们作为一座城邑、彼岸迁徙者的叛逆，自绝于蓬莱之北；曾几何时，他们还与淳于林将军一起，成为我心中的麟凤龟龙。

几千年后，当我那些彼岸的亲戚经历了几番极度的繁荣和贫困之后，将会一再地想念我，苦苦寻觅我的踪迹。他们越来越确定无疑地相信我是一个航海家、探险者、术士，甚至是一个巧言善辩的江湖骗子——只是出于自尊和其他原因，他们才不好意思把后者出口罢了。其实真正的"航海家"是我募来的周边渔民、海上老大，还有个把通星相辨潮汐的"百工"。留给我的真实角色就只能是一个"骗子"了。他们说的并没有错。不过历史分派给我这个"骗子"

的倒是一个大角色，让我去骗骗那个自视甚高的"千古一帝"。我正因此而心生得意。世上一切心怀叵测的"小人"都时常会涌起这类得意，尽管我最终还是扮演了一个大角色。

我说过自己的顽皮、狂妄，那是骨子里的东西。有时也并非如此；人们看到的只会是一脸的端庄。祭祀、祈祷，我所做的一切都需要端起架子。我的顽皮只不过使我独自一人时，面对铜镜做一二鬼脸。那是我至为愉快之时。想象中，有不少载于经传的"大人物"都有偷偷做鬼脸的癖好。我因此而喜欢他们，也喜欢了自己。

我终有厌烦自己的那一天，到了那一天，我将设法结束自己的生命。现在还不到时候。面对一片狂蹿疯长的青草、杂树，日夜噪叫欢鸣的野生动物，哗哗奔涌的河与溪，与水汽中蓝黛变幻的蓬莱山，我的喜悦非常人所能体验。像那个令我倍感尊敬和厌恶的人物嬴政一样，我也有非同小可的自尊自大；所以我也偶尔说一句"非常人"云云。因为我有了这个资格：是我把三千年来最杰出的一些人物搬运到了这片偌大陆地上，又将其像羊群一样放开。

仅仅有率众出逃之举，还仍有点"常人"味儿。能在一片"平原广泽"上"放羊"，就不是"常人"了。但我告诫自己千万不能做个"牧羊人"，不能有栅栏，更不能有鞭子——我之"非常人"说，是因为"放羊"之后，"牧者"自己也化而为"羊"，欢腾跳跃于绿草白云之下。他、他们，与一片土地上的诸多生命一起，或咩咩唱，或啊啊唱，应和着海浪千顷。

我深知那班挚友要把我变成"牧者"。他们不自觉地让我把"羊"迁地而"牧"，自己宁可做"羊"。他们希求的不过是饲喂得精细，而不是奔向大野的流畅。他们只是面对那个嬴政莽汉的宰杀之危，才愤而登舟。这正是我的恐惧与悲伤。我悲的是同类挚友。因我转眼已近五十，大限将至，无法预测未来的一天。我所要做的，也许只是赶在这一切来临之前做下些什么。

于是我力主设"六坊三院"，特别倡立"大言院"。彼岸膏壤千里，竟无处吐放"大言"。人无大言，必类虫犬；国无大言，气短如雀。"六坊"与"三院"

互为支持，缺一不可。淳于林等喜"六坊"，厌"三院"；殊不知它们好比躯与首的关系。失去"三院"，"六坊"中的丝织坊会织出长丝勒围自身；炼铁坊会锻出利剑戕绝肉躯；盐工坊堆出的盐山也会把莱夷的三千童男童女腌制起来。其他几坊，亦是同理。

不必讳言，我最爱去的场所即是"大言院"。不仅如此，而且还鼓励和率众前去那里。一杯清茶，席地而坐，倾听辩家们"辩理驳难"。我敢说这里容聚了各色学问，举凡儒家、道家、墨家、法家、名家、阴阳五行家、小说家、纵横家、兵家、农家等各派，都有倡明主张的机会。他们据理力争，吐言锋利，几次让我感动得泪湿双眼。我想起了少年时节远去齐都稷下的情景……有人轻扯衣袖，原来是最年长的"方士"。他是父辈，我该称他"先师"，但他和左右对这一称呼坚辞不受。他们只维护一人的尊严，只将我称之为"先师"。老人此刻口中喃喃，后来浑身颤抖："君房，大言误国啊！"

我不敢应。我只能婉拒，并引经据典，排列史实。我列举齐宣王、齐闵王时期的稷下名家学派的田巴——此大言高手，千余年后人们这样记载他的行迹："齐之辩士田巴，服于狙丘而议于稷下。毁五帝、罪三王，訾五伯；离坚合，合同异。一日而服千人。"那是何等的辩才！又是何等的狂放不羁！齐王如何对待？"齐王聘田巴先生，而将问政"。齐王恭敬地称其"先生"，齐国非但未亡，而愈加昌盛。反过来，到了齐闵王后期、及至齐王建时，稷下学日渐衰落，齐国也走向了末路。

"君房，他们所言对你多有讥讽，真是口无遮拦啊！"

我笑答："君房又算得什么，区区亡命之徒！稷下学士尚可以'毁五帝、罪三王'！"

一言既出，四周再无议论。但也只是数月，又有人愤愤然："君房设置此院，原为扩言路，促思辨；可今日听辩家驳难，所言皆掷地有声，批驳无情，长此以往，势必言出一家；众人恐之，何能放言？"

我反问："批驳无情是放言，大言是放言，说'大言误国'是放言，'众人恐之'也是放言；自古放言者未能禁言，而持兵器者才能禁言；既如此，何忧之有！"

他们一时无语。他们应该明白："大言院"如果不允许其"辩理驳难"，那也只好改名为"颂诗院"或"礼赞院"了——可是这类院所只嫌其多不嫌其少，自古如是。

从大言院出来后，几天时间让我心中不宁。回味一番才明白过来，我也刚刚放过一番"大言"啊。想到此不禁有些耳热。

不久淳于林来舍，面有难色，吞吞吐吐。我让他有话直说，怎可如此期期艾艾？他说很久了，城邑中有些议论，只觉得不便言与君房，现在想了想，君房知道了也好。我催他说吧。他于是说："城中人议，君房也不是个实在人啦，简直是……是虚伪！想想看吧，逃离秦王，到这边儿又是筑城，又是修长城，操练兵马；有军机，有政议，令行禁止样样俱全，他不是'王'又是什么？可他就是不称'王'。这反倒别扭，何不干脆点儿？不是'王'的王让人见了更作难，跪也不是，不跪也不是，礼法无处遵行，'万岁'也无处喊得；类似尴尬也实在太多，城里人都觉得无法做人了！……"

我感到一颗心在加快跳动。因为这些议论有几句不免切中要害。可是我正在渐渐笃定。我想，筑城、护营、修城、操练兵马并非是只有"王"才能做的事情。如果登瀛后不加紧去做，不仅秦兵追剿之日必定灭亡，就是土著扰乱也不得安宁。如此这般只为生存。生存之虞不除，又何谈其他？只是这样想，并未说出。

第三章

如果她们当中有一个在身边，也必会减轻我之痛苦。近来，说不清的误解和扰困，让我心情沉重，体态也沉重。我再无力像往昔那样顽皮。这是可怕之兆。人心不会顽皮地跳动，就是衰败颓丧的开始。我的爱人曾在过去给我诸多战胜困厄的勇气。她们有如此奇力，总使我大为惊骇。我有时不愿、也不敢正视她们的力量。

现在我又想求助于她们了。可是我顾虑重重，万般虚伪。我窥视过那些如鲜花吐放般的"童女"。如今这些孩子都一一长起，面色娇好，有了娇嗔的眼神和婀娜的形态。不止一个男子武士、方士和百工犯有强暴之罪，皆被处以重罚。我觉得自己有绝大的责任保护她们，只是这种保护的方式令我三思。

她们如今和那些抛家舍业的武士、方士学子一样，都需要婚配了；还有那些长出了茸茸胡须的"童男"，都到了婚娶的年龄。城中人丁不兴，衰者亡故，新儿不增，长此下去将不堪设想。我原有个设计，并在船上与左右复议：让三千童男童女年及十七即捉对婚配，不得拖延。可转眼他们已是十八九的青年了，仍像原来一样独守。我像是已经遗忘了什么，迟迟不愿将许诺兑现。我已看到了诸多责备的眼神。

昨日又有一男子（一个年过四十的炼铁师匠）被捆绑起来。他平时腼腆少言，目不斜视，想不到而今也会胆大妄为起来。禀报称：该匠师借送取缝补衣衫为由多次进出丝织坊，而且磨磨蹭蹭久不离去。有一天为其缝补的女工——该女工上个月刚满十八虚岁，相貌甚为娇美，只是略胖，坊中人呼其"水胖"——忙误了工时,日落后尚在苦做。可怜"水胖"正穿针引线,该匠师即扑将过来。"水胖"虽经剧烈反抗,但终因势单力薄,于事无补。

整个事件再清楚不过,禀报者却扯三挂四絮叨许久。我已有些疲倦了。对方仍在愤愤然:"更可气的是,我等将奸犯捆了,正欲押走,'水胖'却哭叫挽留,为匠师求情呢。要不是她衣衫撕破,之前又有几声呼救,我等必把她当成奸犯一同捉将起来!"

我制止他再说下去。

"先师,如何处置呢?"

"哦,不必处置啦。"

"这……难道、然而……嗯?!"

"请下去吧。"

他极不情愿地僵在那儿,像肚子疼似的,右手使劲挤弄了一下小腹,咬着下唇退出。

我深知此事不加处置的后果是什么。以前对此类事件颇为严厉,至少需断其右脚小趾,并在额上留下刺记。须知这是在秦吏酷刑下减免数倍的结果。如在秦地,奸贼被乱棍打死、石头砸死、剜睾除势,皆是平常处置。如果匠师之事漫传开去，城邑之内必会风气败坏，暴行叠起，最后硕果也将不存。我放弃惩处匠师也是遵从了那个受害少女"水胖"的请求，因为这请示之中蕴含甚多，她对匠师心生欣悦也未可知。但无论如何，从大业计，此事仍不可荒疏。于是我急忙摇响手铃，让卫士复送定夺：对匠师罚三月薪俸、施杖二十。

卫士应声而去。我仿佛看到那二十杖纷然落下，匠师疼得满地滚动。还好，将养十日又可以去炼铁了。

我的命令总是得到很好的执行，这不能不使我滋长一丝自负。如果说在徐乡、琅琊、黄水河港附近的船场，我十分懂得使用嬴政赐予的权威规划行程、征用物器人口的话；那么在这之后，嬴政的权威已丧失殆尽，我完全无所依托，没有权杖，也没有武备。我虽是莱子故国的贵族后裔，但说到底只是一介书生。我在长达四十余年不屈不挠的求索中只获得了自己的信仰。这才是坚实无欺的，在我心中日夜燃烧得火烈，冶炼得纯洁。它最终又成为淳于林、众"方士"与挚友们共同求索之物。淳于林拥有兵权，可是他与众伍长、那些悍强的将军一样，唯对我失去反抗之力。这就是信仰的力量。信仰也有显而易见的"专横性"。随着事务的增多、年纪的增长，我习武时间越来越少，有许多次出门时甚至将剑遗在室内。卫士们已经习惯于在十步之外护卫我，而我却常常忽视他们的存在。他们在信仰和思想面前已化为无情的物器，仅仅取代我遗在室内的那把短剑而已。

我珍视信仰如同生命。正因此，我必得警惕它的变质、它弥散和辐射出的蛮横和乖戾。我同时视无信仰者如草芥，却又爱惜每一株草木，因为它们是蓬勃的生命……我到了检视自己内心的时候了。我知道蛮横无理地强加于人的，无论以怎样美好与圣洁的名义，都将在未来被视为不义，或是罪恶。每想到此额头一烫，豆大的汗粒滋生出来。

我发现在内心深处，在幽闭的角落，有一颗隐秘而阴暗的种子。它非常苛刻与嫉恨。它阻止了我更敞亮愉悦地行动，而只让我阴郁地徘徊。我知道，三百艘楼船启碇之时，一个铁定的冷酷也就形成了：几乎所有年长的百工、方士和弓弩手都失去了岸上妻儿。秦吏让他们不得不有一个留恋，以便早日归来。他们当中只有极少一部分知道此行将一去不归。而三千童男童女中，男女数量恰好相当。也就是说，这些茁长茂盛的少年已成天然婚配；而当他们一一结对之后，年长者将永远失去了人生的机会。

我也是一个年长者。我为此深深地哀愁。

诚然，我有办法做成自己的事情，可那样既是不义，敢将冒触犯禁忌的风险。

我终于在政议之日提出了婚配问题。我当时尽可能使用平淡的语气，内心却极为紧张。我留意了一下，发现至少有三个老者、两个中年人手指抖动；其中一个脸色蜡黄，吐言混乱。关于三千童男童女、遗在彼岸之妻、夫妇之道、天地伦常，一时费尽了口舌。没有一个人能够统一他人观念。对三千童男童女的婚配虽无人反对，但有人却提出若干限制条款，比如说女子须小于男子三岁以下——初看近于常理，细推敲却大有曲折。因为所有童男童女当初择选都在十四五岁之间，就是说年龄大致相当；如果依此建议，势必有大批童男童女失去婚配——女子本无妨碍，因为有大大长于"三岁"之差的男子在等待；苦只苦了一批童男。

提出这一建议显然荒谬。可奇怪的是它很快得到多数人的应和。此事令我颇为苦恼。最后我只得将该条款搁置，留待大言院辩论。这一来又使参与政议者大失所望。

经过大言院三日辩论，又是几日复议，好不容易才将条款一一拟定。关于"男子须年长女子三岁以上"的条款自然废除，但又附加了不得已的另一条款：婚配关乎城邑存亡之要，所以望全体慎之又慎，年长者优先择偶。我知道这一附则实施的结果会是一场剧烈争夺，惨剧必将生成，于是又添一款："强制婚配者严惩。"

值得欣慰的是，尚有为数不少的男子拒不婚配。原因是对彼岸妻女日夜挂念，有时呼其芳名泪水不断，发誓终生等待团圆一日。此情此景令人悲酸难忍。我不得不告诉他们：团圆之日只是来生的事了。但他们置若罔闻。

　　我对这些苦念者有说不出的敬重。他们昏聩之处不难察见，但我也宁可信赖这些"愚夫"。我自诩顽皮，却唯独不敢对心爱的女人游戏。我的目光一转向她们，拘谨与诚挚、依恋与乞求、自尊与敬慕……一齐生出。我永远感激她们所给予我的一切。我在这几十年的遭遇之中甚至发现了一些神奇的原理：无论是多么博学多才、心气高远的男子，在特定时刻，都会领悟到一个心爱女子的深邃与博远，领略她那颗明净而尊贵的灵魂。只要这女子温柔和煦，就会生出难言的深刻与尊贵。她在德行方面，永远是男子的师长。我常常惊异万分地注视着这一发现，坚信不疑。即便是未经雕琢者，即便她不识一字，也仍然不失其深奥绵长。她们舒展和缓的眉梢会透露出人生的全部恩惠与从容，那令人神往的自信，一个男子何曾有过！

　　我不得不承认，我越来越恐惧于失去她们的援手。她们的支援之力，巨大到无法形容，这些，愚钝之人无论如何也难以感受。由此我又想起了那位滑稽多趣的远亲淳于髡与大儒孟子的一场有名的辩论。人问："男女授受不亲，礼与？"孟子答："礼也。"

人又问："嫂溺，则援之以手乎？"孟子答："嫂溺不援，是豺狼也。"如今有灭顶之灾的不是女子，而是男子。他正忍受思乡的痛苦，疾病的折磨，事务的缠裹，孤单的煎熬，再加上对未来的茫然……这一切需要多么坚韧的毅力才能战胜。我一直未对他人透露的是，近半年来时常感到左胸不适；还有折磨人的脚气病。我未求助医师，而是自己小心翼翼地治疗。长期以来我都是一位好医师，曾在三年多的游荡期间为人医病。我当年以善用大黄出名，百病皆求之于泄。人之虚弱萎靡，是为毒火攻讦所致，欲扶体必先驱毒。可是多半年来自我医治并未奏效，疾病时好时坏。特别是脚气病，夜间痒得不能入睡。这反倒使我多了忆想的时间。

我与卞姜多有分离。我们的婚姻既早且好，算是最为完美的姻缘。她嫁我时刚刚十六岁，身体纤细颀长，双目柔煦如同春水。我一想起这一生有可能伤害于她，就感到战战兢兢。这伤害会是难忍的、无意的或不得已的。反正我总担心会有那些伤害。她最初的痛楚和哀哭令人一生难忘。我曾暗下决心，用一个男子的忠贞和强大、迎接万千烦琐和操劳的双手，像捧起一个婴儿一样，小心地照管她。我会让她一生免除饥寒之苦，身体丰腴硕胖，容光闪烁，双眸明亮。后来她的确变成了一位高贵华美、体态丰盈的夫人。她从来不曾浓妆艳抹，因为她的资质太优良了。

我爱她到寸步不离的地步。我因这过分沉溺之爱而一度变得孱弱。她的款款细语足以支持我长久的热情，她对情感的洞察细微又使我愈加贴近。心与心的紧密难分，生命的知遇之恩，让我们共同拥有了一段最珍贵的岁月。我甚至因为她而减少了对淳于髡的厌恶之情。

我并未见过这位先人、徐乡城的奇才。他理应博得后人的尊重。我生得太晚，但我出生后他仍健在，而且是齐闵王手下一个最为特殊的人物。他活跃于诸国之间几十年，得到的爵位和赏赐数不胜数，几代齐王都与之过从甚密；就连傲慢的梁惠王也对其敬佩不已，两人曾有过三天三夜的长谈。这对于家道衰落的贫儿、一个入赘者，已经是个奇迹了。我从小受过母亲教诲，嫌其"忘族卖才、取悦仇雠"。我开始甚至不愿娶卞姜为妻；先是她娇美逼人的容颜攫住了我的魂魄，后是她过人的睿智和德行战胜了我的心灵。

我们一开始就有许多相似的话题，其中之一是关于淳于髡。她认为与其说淳于髡服侍了强齐，还不如说他襄助了庶民。其理由是她这位远亲运用自己的睿智与勇气，来往于齐鲁燕赵之间，直谏于帝王诸侯之中，避免了多少战乱，革除了多少积弊：这正是男儿的良知作为啊。

我并未立即赞同。不过她的话让我不得不去思虑一些至大问题。这一切常在脑海中纠缠不清，让人痛楚忧烦。民生与社稷比较，民生至上，社稷次之；可是社稷即民生啊——我对这长久以来的思路开始怀疑了。这也是我对卞姜的爱所促使，让我有勇气去触碰这个绝大的命题。也许淳于髡超越了社稷，走进了民生。可是我却因为他而耻辱而愤懑。他折损莱夷的是什么？既非自尊，又非物质；江山固在，人民固存。齐灭莱夷久矣，莱与齐的疆界只能刻在心中。莱齐混血，共抗暴秦；可秦统一之后的齐秦之恨呢？

此恨绵绵无绝期吗?

我哪一天才会真正原谅那个足智多谋的远亲?

权衡忠勇道德的至高原则又在哪里?

这一切我终会探究个清楚。现在我只是沉浸于往日的温馨,寻求于彼岸的幸福。我在这难以摆脱的纠缠之中,忆想和愧疚,兴奋和哀痛。我在无法解脱的矛盾蛛网中挣扎,为了你和她——为了你们……这种种难言之苦愁、之焦思,即便"日服千人"的田巴再世也说不分明……

一切缘起于那次远游。完婚半年之后的卞姜为我打点行装。我将要去齐都临淄。这是第二次临淄之行,心中说不出地兴奋。第一次去临淄我还是个孩子,稷下学宫的老先生们说我是"一个娃子"。那次受了母亲的鼓励,她说那里聚集了天下第一流的学问家,金碧辉煌的厅堂里日夜辩论激烈,声音洪亮,手掌翻飞。我仿佛望见诸子们目光炯炯,面红耳赤。母亲话语中对淳于髡多有指斥,但又认为他是莱夷人所能贡献的最为聪慧的人物。"你或许能见到他,不过他也该老了——他比我还老呢！他二十多岁时我见过，那时他穿得可真寒酸。"

第一次去临淄没有见到那个名声不佳的老人。当年稷下学宫已隐隐露出败象，虽然看上去一切依旧。最老的先生相继去世，只剩下了荀况。齐襄王雄心勃勃重修稷下学宫，提稷下后学为"上大夫"，但稷下学似乎再也没有了往昔的沉厚宏阔。我一意追寻那个姓淳于的老人，却渐渐被齐都的繁华弄得头晕目眩。这是真实的情形，我作为莱子国的后裔，有时是羞于袒露真实心情的。我好像在极短的时间内就明白了莱夷何以灭亡。在更为强大和开放、自信得近乎松弛的邻邦面前，那个严谨而粗犷的游牧人的城邑是难以抵御的。我承认在齐都三天之内看到的洋玩意儿，抵得上莱地十几年的观览。这里才称得上世界之都，车毂击，人肩摩，连衽成帷，举袂成幕。大街上美女如云，身上的各种饰物叮当作响。我像一个迷失了旅途的人，久久伫立十字街头。

卞姜叮嘱我早些回返。我们已经难舍难分。我知道强大的思念会阵阵催逼，让我无法忍受。是什么吸引了我在这样的时日远行？是华丽的齐都吗？是母亲的目光，是她的目光指示之处。

她让我从齐人的陌土之上寻觅一颗种子。它被我的祖先遗失了。齐人用弓与马征服了莱夷，可当年莱夷有世界上最好的弓，最快的马。莱夷人织出了天下最绚丽的锦缎，锻出了天下最锋利的长剑。然而这些都未能延缓它的消亡。关于民族之谜是最有诱惑力的，我一生都会致力于这种破解。我心底常常滋生出悲凉彻骨的、奔赴和投入的勇气。

那次去临淄并未如想象那样简单。我在异国徘徊得太久，耽搁得太多。直到那个早晨，我与荀况的学生亨话别——这是荀况最小、也是最有才智的弟子。亨中等个子，气宇轩昂，说话时明亮的目光总是紧紧盯住对方，鼻翼翕动不停。亨当年刚刚十八九岁，坐时身躯挺得笔直，服饰洁净简朴。世上再也没有像稷下学子那样嗜好辩论的了；而在后学中间，再也没有比荀况这个最小的弟子更好地承袭这种风气的了。他在即将分别的时候也抓住一切机会与我驳辩，使我不得不认真对待。

好在这次辩论刚刚开始即有人敲门。进来的是一个女子，神情出奇地平静。与这位小弟子一样，她也穿了简洁的服装，但细看起来做工却讲究到了极点。与其他女子不同的，是周身上下没有一件饰物。这在上层女子中是绝无仅有的，就连我对面端坐的亨，身上还挂有闪闪的玉佩。我以前见过她的侧影，只是一闪而过，知道她是一位史官的女儿，叫区兰，饱读诗书，是城内闻名的才女。这次近在咫尺，我的目光刚刚抬起，立刻就有一种灼烫的感觉。

　　她那对圆圆的、漆黑的眼睛至为特异。她似乎只是不经意地瞥了一眼……她与亨是一对挚友，还极可能是一对恋人。这我完全凭一种感觉。可是那轻淡的、一闪即过的目光却使我脸上留有长久的烧灼感。我差不多没有听清他们在说什么，只是后来才发觉两人的声音渐渐激烈起来。原来亨又不失时机地与区兰进入了新一轮驳辩。与之形成鲜明对比的，是区兰那平缓而执拗的声音。这声音可真美，柔和得能融化坚冰。她义理清澈，驳难析疑中透出别样的温情。也许这就是让我产生那种判断的依据吧。对方却毫无通融，步步紧逼，言辞愈加锐利。区兰笑了。

这一笑使她显得何等妩媚。我再没忘记这一笑容。

可是她这一笑却激怒了那个驳辩对手。亨立刻气恼站起，嘴里发出"呔"的一声，拂袖而去。

区兰不愠不怒地待在原地。后来她缓缓转身。那黑漆漆的目光又掠过我的脸颊。我这一次发现她的脸倏地红了。她好像叹息了一声，垂下了长长的睫毛。当她重新抬起眼睛时，那目光闪出了双倍的明亮。

我说，我被她阐述的义理给深深打动了。

她并不急于谦逊地表述什么，只是略有好奇地看着我，认真倾听。她不自觉地微微张开嘴巴，让我在不经意间看到了那白玉一样的牙齿。

我无法将其忘掉……

后来，当第三次去临淄城的时候，我发现自己心里正装满了特异的急切。真害怕这种心绪如河水般将我淹没。我深知母亲的目光蕴含了什么。这一生，唯有母亲，让我一想起就满面羞惭。使她失望之处真是太多了。可是有些命定之物人是无法回避的，这是我后来才明了的一个玄机。我终于得知遥远的临淄等待着的到底是什么。

许久之后，当我们可以无所禁忌地相互倾诉之时，才知道这真是无可逃脱的命数，它融合了人的全部欣悦与悲伤，还有那沉重如磐石的、注定要落在肩头的使命。

区兰说她那一天像被一只手推拥了一下，不由得要迈进亨的房间。而这之前他们之间刚刚有过约定：每个月只相见一次，各自研修。这主意当然是亨首先提出的。她谈到这个荀况晚年百般宠爱的小弟子时，立刻满面羞红。看得出他们之间既有过热烈的爱慕，又有过难言的龃龉。对后者区兰闭口不谈，偶尔触及即颇不自然。她只说亨原来绝非如此，他是过于执迷老师的义理了，对先生"天地者，生之始也""天地合而万物生，阴阳接而变化起"倒背如流。先生仙逝之日，是他悲伤欲绝之时。从那时起他就不通儿女私情，却愈加精于研琢。先生的学问在他那儿几经打磨，已经光可鉴人。他抄录著述可以几夜不睡不饮……区兰说他们从小一起求学、研习；他之于她，已像同胞兄妹般熟悉和亲近。她说得泪花闪闪，把脸转向窗前。她说那一天她是无论如何不能安坐案前了，总有一个无声之声在心底提示：快些去吧，如若耽搁就是一生的惋惜了。她于是不顾那个约定匆匆而来……跨进门，一切如旧，亨身躯挺直与人驳难。可是她感到一种异样的重量落在身上："哦，原来那是你的目光！"

我们紧紧相拥。我可能一生再无悔疚——这奇怪的感念在与卞姜最初时也曾产生过。我多么幸运又多么轻薄。可又的确找不出什么虚伪之处。我真实地感知了；她们都是流进我心头的泪珠，让我有了终生的润泽。

就像对卞姜的感觉一样，区兰是我生命的一部分。她一连几个时辰在我身边，久久伏在我的胸前。她后颈上金色的绒发让人无比爱怜，我伸手轻轻抚动，领受那种滑滑的、丝绒一样的触感。这又让我想起猫咪颔下的温暖与光润，想起它们那柔顺可人的一切。她的耳垂、手指甲、下巴，都能使我涌起阵阵感激。

我甚至急于把这一切告诉另一个人——母亲不在了，这人世间最亲近的也就是卞姜了。我的极度幸福和欣畅必须与她分享。我已经不能支持了。

冷静下来我才知道自己多么荒谬。卞姜会伤心以至绝望的。她有过人的悟性和宽广的胸怀，可是她仍将无法承受。她爱我容我，首先只是爱我。

区兰承袭了家学，是当时唯一一个出入稷下学宫的女子。齐王在她十一二岁时听过她驳难析疑，大喜，第三天传话要蓄为宫妃。她那个史官父亲踉踉跄跄奔得家来，泪水涟涟抱住女儿，女儿得知了原委，马上跳出父亲怀抱："给孩儿一把短刀吧！"父亲问何用？她说到了那一天用呢。

齐王只得放弃这一念头。不过在临淄街头，每当齐王华丽的车子驶过她的身边，总要停留片刻。齐王在车内发出一声长长的叹息。

也许就是那声叹息吸引了我。我极想见识一下齐闵王。传闻中这是一个爱士如命的角色，只要听说有士自远方来，必放下手头的一切驱车远迎……当然这只是开始的情形，及至后来，那些士口沫横飞，他就斜着眼瞧他们了。我通过亨和区兰的父亲见到了这位齐王。原来他是一个瘦削的中年人；与别人不同的是，他通体瘦削，唯独小腹高高鼓起。这种特别的体态让我不太舒服。

齐闵王把我视为境内之"士"，一会儿热情一会儿冷漠。他也许寂寞了，竟然想与我讨论义理。我只把他当成亨一类辩驳对象，出言犀利而无所顾忌。齐闵王从座位上起立三次，最后又沮丧地坐下，发出长长一声叹息。

我想说，这叹息真是很美的声音。

最后闵王挽留我长住临淄，并许诺赐我田舍。我坚辞不受。

我对区兰复述了那声叹息，她笑了。我们一次又一次拥吻。那个紫玉般的夜晚我们几乎一夜未眠。诉说太多太长，今生也难以收束。我们只能相互揩掉感激的泪水。

我周身都充斥着她的气息。这气息已渗入血流，又从毛孔溢出，风雨和时光也洗它不去。我渐渐害怕与亨对坐——而他却抓住一切机会与我驳辩。过去我们辩论互有胜负，而今我却节节败退，使亨得意中又有些手足无措。他终于对我失去了兴趣，斥为"毫无长进"。看着他那翕动的鼻翼、秀美的眉梢，我无论如何不可思议：不爱美人爱义理。

而我从区兰，还有卞姜身上，却感知了深刻的义理。原来它们共为一体，同物异形，只在不同的时刻闪射出不同的色泽。

原以为临淄之行只是短暂的分离，想不到如此之久才回返莱夷。卞姜在迎候我。

我不敢迎视她的目光。她吻我，泪水湿了面颊。"说了吧，我的君房！"

我就说了，我的卞姜……

如果在海角，像我一般的人物没有三两个妻妾倒也不可理解。可是我曾对卞姜信誓旦旦：今生只与她厮守。轻若鸿毛的誓言，男儿的誓言。她哭过了，最后催促我接回区兰吧。

至今犹记齐闵王那声长长的叹息。可惜的是后来，是他对稷下学子的背弃。几乎所有出自稷下学宫的言策义理，都被他视为虚言妄义。而这之前不久他还说"寡人甚好士"。他原来只想模仿先王，并期望做得有过之而无不及。之后，他那叹息代之以威厉的斥喝，稷下学士四散奔逃，游学他方。这使我特别关心荀况老先生的小弟子亨。每念及亨，我的心中就有难以抑止的亏欠之感。我的关切是由衷的。因为后来我与临淄渐渐疏远，与亨的朋友也难得谋面；关于他的消息只是道听途说，难以确证。有人说齐闵王与学子闹翻了之后仍与亨少有交往，并借机打探过区兰；也有人说齐闵王在五国合纵伐齐，燕人攻入齐都时逃奔莒地，稷下学士中唯一追随他的就是亨了。也有相反的说法，说亨在这之前很早就与齐王分道扬镳，当时亨心情恶劣，一方面因为齐王对稷下学士虚与委蛇，另一方面是区兰的离去。他出走临淄，再无音讯，而且多半是"小隐于野"。

后一种说法更能令我信服。我深知一个男子是不可能漠视区兰的。

齐闵王治下的齐国由盛而衰。他自视甚高，却无力抓住历史赋予的良机。随着齐国军事上的节节胜利，他再不提"寡人甚好士"了，忙于对外扩张，利令智昏，对稷下学士的一切谏言都视为迂腐不通。结局即是后人所载："南攻楚五年，蓄积散；西困秦三年，民憔悴，士罢弊。北与燕战……而又以其余兵南面举五千乘之劲宋。"

齐闵王的残生竟至如此：五国合纵伐齐，燕攻入齐都临淄，齐闵王逃奔莒地，复被杀身亡。齐国遭到空前惨败，几近亡国。

齐闵王被杀的消息传到徐乡之后，立刻引起了震动。莱夷人普遍感到快意，认为这一结局是对连年扩张、倨傲凌弱者的最好回答。而在我内心却是复杂的意绪。起初我和卞姜、区兰都同样震惊，之后是唏嘘不已，是或多或少的追忆和总结。区兰来徐乡已有三年，算是明媒正娶。她与卞姜亲如姐妹，融洽之至，已传为美谈。当她听到闵王被杀的消息时，正在剖一条青鱼，手一抖，割伤了左手拇指。殷红的血立即染了垫板，女仆惊得大呼——她们一直反对夫人下厨，可是夫人坚持要亲手为我煎一条青鱼……区兰顾不得包扎伤口，僵在了那儿，直到我和卞姜跑来……

　　我眼看她的颊上两道泪水流下。我的惊讶并不
亚于听到齐王的噩耗。我再一次体味了一国之君的
崩溃给予人臣的强烈震荡。我知道区兰对齐闵王的
藐视和不屑，她甚至多次背后取笑；对他后期的荒
谬无道，更是愤恨交织……这其中似有不解的奥秘。
如果说她为身亡的闵王而流泪，还不如说是为自己
的母国而悲伤。她凭直觉理解，即便是一个无道之君，
如此的结局也预示了社稷的悲哀。对于她而言，这
真是来到了国破家亡的十字路口。

　　她的父亲已到迟暮之年，还在忠心耿耿服侍王
室，这一次生死未卜。战乱之中已难觅准确音讯，区
兰直到最后也未见父亲一面。

　　她的死是我终生不解之谜。她虽比卞姜大一点，
比我则小两岁，如此稚嫩的生命却要提前熄灭。她
长期以来承受了多少沉重，可她从未呻吟；直至最后，
对我流露的都是最美的笑容。时光何等匆忙，一切
宛若眼前。她因爱而远离母国，告别了年迈的父亲，
回绝了才华横溢的亨、能够发出长叹的国王。多么毅
然果决的女子。她那一双颀长笔直的腿，一开始就让

我心生惊悸。我总是小心拘谨地触动这双腿、这润滑的肌肤。一股犹如三月椿芽般的气息把我围拢裹卷。她的永不褪萎的端庄也使我感到莫名的困惑。我从不敢奢望在漫长而短促的有生之年会遇到区兰一般温馨典雅、纯美甘洌的女子。在她面前，我一再地感到了自己的污浊不洁，还有起伏不安的浮躁心情。她则一如既往地热烈着、沉静着。

可以想象莱夷给予她多少难言的苦痛。她终生都在努力适应、融合，最终也未能如愿。她不服水土，无端地消瘦，还有过三次流产。她做梦都想像卞姜一样获一娇子，结果还是事倍功半，空受摧折。她不爱莱夷的一切，土地、山河、风俗，还有其他；她仅仅是爱我一个，只为"这一个"而来。她因我而获的痛苦，真是太多太多了。

有许多的时间我既不能待在她身边，也不能顾恋卞姜母子。我要与强吏周旋，要迎接从临淄和六国远涉而来的学子。他们先后来到徐乡城，这座所谓的"百花齐放之城"。游学的人越来越多，当代大儒在此皆留足迹。我陪他们祭乾山、登莱山、拜月主，梦想重塑稷下。未曾想它短暂得转瞬即逝。区兰生前最厌恶的就是那些"言必称神仙"的方士，像孔丘一样斥拒"怪力乱神"。我对方士们热衷谈论的邹衍"大九洲""小九洲"，及由此派生的航测与占星术仍给予认真对待。我同样不能消受方士们的装神弄鬼，他们团制的花花绿绿的丹丸；他们甚至散布长生的谎言，玩弄起死回生的把戏。这一类妄徒倒在一定程度上迎合了官家，其时几乎没有一位官宦不热衷于方士之说。

区兰病逝在那个秋天。肯定是因为灵性的哀伤感怀，庭院一棵盛开的木槿一夜间全部垂落。卞姜哭干了眼泪，抚着我的额鬓：那里陡生许多银丝。

我默然注视着邑内这场巨大操作。婚配通令颁布十日，街道场所各处尚无异样。但我早已不存侥幸，对可能出现之任何骚乱都预防在先，嘱淳于林将军加派游动卫士，并对"三院六坊"给予重点护佑。淳于林显得英姿勃勃，仿佛比往日精神数倍。

第十三日，"三院"中一位须发皆白的老者请求晤谈。他是经院元老，多有沉默，一月间说不了几句话，常令后学敬畏。这一次他突然踉跄进门，刚刚坐定就抱怨起来，说闻听外面已沸沸然，各色男子皆携一女子而去，正所谓各得其所；他潜心经卷，无暇他顾，事已至此还请先师特别选配，以成不才之美……我耐着性子听完，惜无良策。如此踌躇半天，也接着他的话头抱怨下去，说自己忙于城内事务，更无暇为自己寻一女子，又难以对下启齿，正想找他这样的资深先生搭一援手……

老者直眼瞪了我半晌，口中"啊啊"，颓然而去。

我却毫无幽默快意。我明白自己正经受前所未有的苦厄，心中再清楚不过，我与离去老者有同病相怜之虞。我觉得自己真的老了，腰弓，双腿出奇地沉重。我发出了一声长叹——这声音让我想起几十年前齐闵王的那一声叹息。

每日都有人来按时禀报。我不满足于他们的照本宣科：某人于何日完婚，年龄家世籍贯，自愿婚配云云。我总是打断他们，所问之事又无足轻重。我察觉自己的脾气在无端增大，于是让其一一念来。这种禀报烦琐之至，三千童男童女，外加他人，要开列一长长名单，似乎究之过细。后来我令其择要报来，只需将伍长、三院先生以上者逐一禀报，其余略可概说。

令我大吃一惊的是淳于林将军：他已择得十八岁少女，且为莱夷籍人，父母皆为桑农。

我大声追问一句："自愿婚配吗？"

"正是。"女子甚为畅悦。

"嗯……"

接着我就有些疲倦了，于是禀报终止。脚气病在不经意间发作，不得不唤来医师。他为我抹一些暗黄色的药汁，散发出一股硫黄臭味儿。

为了抑制双脚的奇痒，我在暮色中奔出营帐，一阵疾行。卫士大为诧异地跟在不远处，相互观望。我从"六坊"转到"三院"，但并未驻足，又急急奔向城北；在城门四周徜徉片刻，又复返城。我在铺了砖石的东西大街上走过，低头看着车辆留下的浅细辙痕。它在刻记这座新城的历史。街道上行人稀疏，他们不断抬头观望。大概城内没有几个人不认识我。

偶尔也可以见到几个土著，其衣饰已与他人无大差异，只有神色与肌肤、五官身躯等标记了自己的血统。这些土著入城日久，大多已能操作六坊工艺。向土著开放城邑是我的一个重大举措，我深知此举实是利大于弊，不仅可补城内百工劳力之缺，而且可加快同化；土著居此有五代之久，对本地脾性奥妙所知甚多，正可传授，此为紧要之需。

暮色中的街巷仍然寂寥。可见新生繁衍再不敢拖延。双脚之痒似有缓解，我往营帐走去。

淳于林已在帐外等候多时，我邀他速速入内。几日不见，这位将军愈加神采飞扬，眉宇间全是喜气。我除了致贺之言，别无他辞。淳于林将军谢过，接着颇为严肃地说出两件大事急需禀报。

他说三千童男童女中的女子已将全部婚配完毕，少有越过禁令者，总之皆大欢喜。偶有违禁者，已给予严惩。我忽然记起一事，打断他问：

"那个叫'水胖'的女子呢？"

"她自然去寻那个铁坊的匠师了。"

我感到宽慰。淳于林继续说下去："只是女子

少而男人众，如此一来平添愁苦；土著女子中多
有愿嫁者，又恐血源不同，禁忌固大，想请先师
定夺……"

我明白此事关乎重大，一时难以决断。我让他再
说第二件事。

淳于林吞吞吐吐："这第二件嘛，是关于先师您
的……婚姻！那女子原在丝织坊，先师见过，不曾留
意而已。她倾心先师日久，只是不敢。这一次几经
择婚者催促也毫不动心，焦虑中对我吐露心事，说
愿服侍先师一辈子……君房，这是天意啊！"

我的心跳有些加快。我不信会有哪个少女甘愿如
此。但我忍住了，问是哪个少女？

"她叫'米米'。"

"不可。再不能有第二个'区兰'了。我有爱妻，
她在彼岸……"

"谁没有爱妻？"

我仍旧摇头。

第四章

闲下来的时候，我愿一一比较那些有意思的人物。这些人物曾在不同的方面执掌重权，正可谓"炙手可热"。人世间执掌权力的方式和兴趣原是各种各样。我不能将其一股脑地混到一起，而只愿分类比较。我不相信人的兴趣是一样的，而只能说人在某些方面的兴趣是一样的。

对于有些人物，不消说我有点爱恨交加，喜厌参半。而另一些，我在激赏其才华与谋略的同时，简直要生出深深的憎恶。有一些人虽让我信赖和依托，给我人生的温暖和安全，可也正是他们让我产生出长长的嫉妒。这后一种奇特的情感妨碍我与之更加亲密无间，并滋长真正的痛苦。这种心情是有害的。

秦王嬴政对我而言真是魅力长存。我承认私下里琢磨他的时间最长，也最有兴味。较之另一些同样贪婪土地、人口和骏马兵士的野心家，如齐闵王、楚王、梁惠王之流，秦王倒要有趣得多。直至晚年，他的顽皮劲儿还是十足，迷恋于各种不成体统、其实也并无多少指望的实验。这些实验像儿童闹剧，来得快，去得也快；这与他盛年的一些颇为严肃工整的决策相比，既草率随意得多，也有趣得多。当年他修万里长城、缴天下兵器以铸铁人、统一度量衡和文字，每一件都做得惊天动地。于是他博得了"大手笔"的美称。只是后来，当他听到了身后那一只时间的"黄雀"在振翅，这才开始把目光收缩回来。回视往日的伟业，他感到自己何等幼稚与可笑。

我深知，人也正是在"幼稚与可笑"的时候才会有伟大之举。人在感悟了天命之后，就会表现出疯癫般的好奇和令人难以置信的顽皮。

嬴政竟能如此荒唐，违背人人皆知的常识，将纵横征战、日夜操劳的疲惫之躯投入三千粉黛之中。他误以为亲近青春必获得青春，青春也像流感和脚气病一样，能够相互传染。

失望之余就是贪恋丹丸。他不仅求助于术士异人，而且还亲手搓制起五颜六色的药丸。好在嬴政颇有心眼，他兴之所至弄出来的丹丸总不愿第一个品尝。伴他左右的尝丹宦官忠诚而蛮勇，可以大口吞食。他们不止一次手捂肚腹在厅堂乱滚，哀号不休。但为了观测药力，医士通常并不援手，或等待缓解，或眼看气绝身亡。试丹者死去，秦王总赐以最好的棺木，加以追封。于是竟成美差，宫内人踊跃补缺。

天下最有名的术士不断被引进咸阳。秦王也由此大开眼界。他第一遭见到东海人时，对他们光滑的肌肤、炯炯发亮的双目感到好奇。他甚至推测东海人食鱼日多，且祖辈出入海屿，混生出锃亮浑圆的鱼目也未可知。最令其惊诧者是黄县人氏。该县为秦王天下初定后第一批钦定的郡县，管辖范围颇广，囊括了临淄以东的大片沃壤，属东海重镇。黄县人头脑活络，长于经商，身材颀长，口音怪异如同鸟鸣，过于喧哗。秦王对其多有异趣，特别喜爱他们携来的贝壳、珍珠、鱼骨，以及用此类物品研琢的玩器饰物；其中有一种异香扑鼻之植物，名曰"邕草"，可悬置厅堂。此物原产于东海，在碧波万顷之仙岛，其地扑朔迷离，幻化无尽，常有仙人居之。"邕草"仅是黄县沿海一带渔人偶然迷失方向漂至仙岛所获。该宝物不过是海中万千珍品之一耳。

秦王惊喜非常。他突然记起李斯为其演示的"大小九洲"之说——当年丞相李斯来秦不久，异端颇多，将六国学说一一道来，给秦王印象至深的即有孔丘、荀子之说，再就是邹衍这一奇论。东海仙岛想必是"九洲"之一，欲登洲必得求助舟船。妙哉奇哉！从前齐国也多有美女饰物玩器传来，除齐都宫廷使者馈赠，大多为商人所携。咸阳城内有人戏言，说齐之商人手眼通天，除了不能摘下月亮，什么都能搞来，只要获利丰厚就成。

自从齐闵王问政以来，秦王从齐国获得了不少好处。此人极重名利，对文治武功心向往之——这也是古往今来所有人主未能超越之处。齐闵王一生可分为三截：一截求士，二截重商，三截耀武。求士是问政之初，因为临淄城以"稷下学宫"名闻天下，齐闵王决心发扬光大，将稷下学宫搞得轰轰烈烈。可惜学士们议而不治，大言刺疾，终于令其不能容忍。于是转而重利，笃信商可强国，名商巨贾一时宛如国之栋梁。结果商贾远去鲁、燕、楚、秦，愿为厚利而冒各种风险，全无禁忌。

秦王于是得知，咸阳城内充斥齐之物品，更有稷下学宫游说之士、落魄政客，有商人贩卖和拐挟的美女……不少齐之重卿甘愿归附，出言献策。这也是丞相李斯用心网络的结果。以李斯之见，天下齐国至强，齐国灭则天下得；而时下齐国实属几十年来至混乱至无法度、上下贪婪奢华之秋，正是秦国大有可为之时。一时齐之幕僚纷纷来秦，大量稷下学士游来咸阳，商贾重金一掷长安。

齐闵王的耀武时期，齐国已近尾声。商业的畸形繁华遮掩了国力虚脱，一度真正强大的齐国已堕于谵妄混乱之期，底气虚赢。这时的齐闵王颇沉不住气，十分任性，疆国之争若姑嫂斗气，动辄举兵，终惹得周边怨怒，结果换来一场"五国合纵"，齐闵王逃亡莒地，被杀身亡。尔后虽经齐襄王、齐王建倾力为之，偶有振作，但毕竟大势已去。公元前二二一年，秦王寻得一个时机，自燕国南下攻齐，虏齐王建，齐灭。

几年前，巧言善辞的齐国巨贾来咸阳，献齐地奇

巧予秦王，博得嬴政赞叹；巨贾立即不失时机再度
邀宠，说秦王英勇盖世，名满天下，何不去东海一游？
秦王大笑曰：大王足不出秦，留待来日吧！

　　这一天说来也真是快啊。

　　当秦国疆界远达东海之后，这个狄戎之王未食前
言，立刻准备第一次东巡。他带着极大兴趣走出咸阳。
对于东方，他心中充满了神秘感，还有无尽的渺茫。
神仙闪现出没之地在齐国之东，那里是古莱子国，接
连了碧波万顷。他让史官找来所有东海卷宗，认真
研读了莱子国史，对这个骑马民族的迁移史、兴衰
史好好琢磨了一番。

　　这些可从对答中得知。我在第一次拜见始皇时，
就为这个帝王的渊博所震动。他对莱夷的始祖、孤竹
与纪两个氏族的分合、莱夷人定居海角的一干旧事
无所不晓。我在暗暗惊诧中有了一个决意，于是并
不讳言自己是莱夷后裔，但却掩了三去稷下的行迹；
我欲强调的是这样一种民族心理背景：莱夷为齐所
灭，于是不能不耿耿于怀；莱夷人臣服秦国，是因

为秦惩暴齐。我特别流露出自己土生土长东海，自小追逐神仙术，传得衣钵。

秦王大喜，命人赏赐玉帛。于是一场游戏、一场亘古未有的艰难斗智开始了。秦王做梦也没有想到对面的"方士"会成为他最后的对手。比较这个对手而言，他知道对方的东西实在是太少了。我在这场斗智中一开始就处于有利地位。我在暗处，并且是有备而来。比如说我曾花费几个月的时间研读秦史，对秦王所有重臣，特别是赵高、李斯一干人物的履历也不陌生。自秦王东巡以来，浩浩车队所经之处，我都派人打探，一路风声皆入我耳。

这个鹰鸷般的暴君必遭报应。东巡前三年咸阳城内已发生过"焚书坑儒"的重案。秦王焚千年典籍、坑天下名儒，蛮愚之恶闻所未闻。其残暴逆行迅速传至东海，所有学问家、政议家、名士儒生，一时皆隐民间海角。徐乡城的"方士"之多，术士之盛，都达到一个极数。这是不幸之秋的一个奇迹，是莱夷故地最神圣的一页。也许只有它才能稍稍挽回一点莱夷的亡国之辱。我作为一个贵族后裔，在连年颠沛流离、游学思虑的痛苦之中，走入了连自己都陌生的精神之旅。我开始稍稍收敛那种顽劣的游戏之心。我在不自觉地改变自己，由一个复国主义者变成为一个充满疑虑的探求者。也正是这些年，我对心爱的区兰之死越来越感到惋惜。

毋庸置疑，她死于亡国的忧伤。莱夷早已化为齐的一部分，但在她心的深处，唯有临淄才是齐的象征，正如同徐乡是莱夷的象征一样。我敢设问：如果齐国在齐闵王的掌握之中，举兵四邻，民不聊生，齐国再强固再威赫，与他人幸福又有何益？不仅无益，而且只有灭顶之灾。国内权族交织，弱肉强食，富贾官家沆瀣一气，即便葆有社稷之尊，与民又有何益？

盲目而昏聩的民族主义者实为不义。狭隘的爱国者总在国君、国土、国民……之间陷于迷惘，丧失为人的大悲悯。这其间关乎人的大自尊大义理，尤其不可糊涂妄议。社稷其名也恩重，于是就尤其不可借其名而妄其行。离开了义理去讨论利益，必有妄行。区兰在为齐之灭亡洒下悲悼之泪的同时，也该为齐之新生给以祈祝。朽木已崩，新生未成，妄行背义的齐闵王哪值得区兰如此同情。

比起她的齐国，我的莱夷，我想还有一个更为尊贵之物，那就是应有的义理。它当然要包含对母国的忠贞，可是真正的忠贞总是对义理本身无损无污。比如说我不能因莱夷之利而损伤齐民，更不能为它的千秋永立而使万民涂炭，掳掠四方。

对这一切的索源驳难确是精严到不可想象，非得面壁功深之人而不可得。一般的"爱国者"唾手可取，他们可以一任性情；而那些大爱国者何其难觅！他们除非有大眼光大境界不可；他们的挚爱之心不可稍稍剥离至真的义理，二者总是并行不悖。他们将终生为之探究。所以我衷心倾慕的，就是这些为至理不辞辛苦、不畏艰难、游走四方之士。他们当中杂有名利之徒也原不为怪。这一类人嗜名利如性命，趋之若鹜，也恰是士的死敌。他们与鼠目寸光的历史投机者一样，是战乱、饥馑、倾轧之源。他们没有义理的热情，而只有权变之术和苟且之巧。

秦王焚书坑儒的讯息传来，莱夷人如闻哀声，如见烈焰。这个愚蛮残暴的狄戎之王一举焚毁了所有典籍，随之又屠杀了儒生学士。火与坑焚毁的，不仅是记载和生命，更是人类的信托和希冀。

我跪拜秦王之时曾在脑海中闪过：我与齐王之恨至少也掺杂了"私仇"；而与秦王之争，却完全是面对了一个"公敌"。

恨到一个极处，人也将沉静下来。我与嬴政的周旋看似稚儿游戏，实则沉静深远。我之追随者有方士三千，挚友两百。他们言说神仙，巧言善辩，祭祀、丹丸、道法样样皆备。他们一致推我为"方士"之首，大肆吹嘘，说我有呼风唤雨之功，移山填海之力，上通神灵，下达冥界。总之我平生最为厌恶之物，一时却无不招揽自身。

秦王身边有一形销骨立的男子，即丞相李斯。皇帝东巡须他相伴，可见此人之重。他面色萎暗，目如蟒珠，闪射紫光。一股阴凉之气从其身上生出，散射到四周，让人有惊悚之感。这是一个真正厉害的角色，属暗拨乾坤之流。略翻史册可知，此类人物总是威重半世，最终却未必逍遥。我愿给予至厉之诅咒。

李斯首先对稷下学士悖逆；其次又辅助和借重暴戾。早在焚书坑儒前数载，他就构陷害死了天下最杰出的人物韩非。他与韩非同属荀子高足，当年韩非来秦也为投奔学兄。秦王与韩非畅谈痛快击节，即引起李斯嫉恨。其时他已非昔日可比：当年从上蔡西投秦，在吕不韦门下做幕僚；后被秦王拜为客卿，言听计从，擢升廷尉，终于跃居相位。韩非之死，李斯难逃罪责；焚书坑儒，李斯当为学奸。

我回李斯话时格外小心。此类卑鄙人物素喜言辞贿赂，我即转而大谈其书写之美、学问之深。李斯得意地发出几声干咳。因为第一次东巡赵高并未随行，所以他更无所顾忌，吐言放肆，对前来拜见的方士随意侮辱，以泄胸中莫名之愤。开始我略有不解，后来渐渐明白：咸阳儒生全部杀绝，左右只剩下一班臣僚，无人与之谈诗论文，更没有智力较量，于是也心生寂寞。方士们唯唯诺诺一片颂词，终于使其不再耐烦。他想挑逗方士与之辩论，但终未如愿；焦急之中自己放言无疆，大谈先师荀子，还有孔孟、儿说、宋钘，直说得额头汗迹斑斑。他后来猛然转身盯住我："你等怎不发一言，嗯？"我忙施礼："在下只晓得些神仙事体……"

李斯咆哮几声，再不出帐。

秦王兴致高时去琅琊、成山头，并让我与几个"方士"随行。真是天赐良机，我一路未曾停止宣讲"神仙"，并多次出示能够"长生"的彩色丹丸。这种丹丸只不过用鱼骨粉搓成，吞服无碍。

从琅琊归来十日，有人报黄县北岸海中出现幻象奇景。因为快马来报，路途又短，所以当秦王一队人马赶至海边，海市蜃楼正演示清晰，闪烁迷离愈加生动。如此情景直延续一个时辰，秦王看得大醉。我当即指出这是神仙所为，所演示者即为仙人境界。

秦王那对细长眼稍稍瞪起，盯得脸上发疼。

"欲求长生不老之药，必得抵达仙境！"

始皇瘦削的双肩抖动起来，脸上肌肉阵阵牵动。这是我第一次、也是最后一次看到这个千古一帝兴奋成这等模样。我默默等待。

"那你与我速速取来！"

我摇头："谈何容易。仙境遥在天边，其间又有恶浪巨涌，非巨舟大舸、人众粮丰而不能至……"

"朕为你备下一切！"

秦王一声令下，船场即开，黄水河湾一片斧凿之声。我被封为始皇寻仙船队命官，船场、征粮秦吏和兵士也由我统辖。一切想必不会顺遂，因为李斯很快布下自己耳目，名为辅助，实为监督。我不得不将一部分精力耗在李斯身上。有几次李斯甚至公开对寻药一事斥之为"大谬"，我都冒死力谏方才挽回。秦王未必对海角方士笃信不疑，只是奢望日盛。

李斯无法解释海上出现的奇景，于是一连多日在海边游动，踽踽而行。侍从高举冠盖为其遮风蔽阳。海市蜃楼本无预测定时，李斯终究空手而归。齐郡守在十日内竟数次来船场督查，并伏设无尽麻烦，可见若不是秦王旨意，他可以轻易取缔船场。寻仙药、长生，眼下还只是秦王一人之事，无论李斯还是其他人，都不过阳奉阴违。他们只把嫉恨与仇视撒在方士身上。李斯与齐郡守将使我在船队出海之前就精疲力竭。

比较而言，李斯及其同僚不太相信"仙人"居地，也不奢求"长生"之药。但他们认同邹衍开创的"大小九洲"之说。同是百艘楼船入海问路，李斯企盼秦之武威远播"九洲"，而嬴政王更多想到采回仙药。看似荒谬的嬴政比起丞相李斯更像一个"醒者"。李斯博学，也更贪婪功名，为此可以舍命。嬴政则与之相反。扫平六国之后，尽管天下颇不太平，危机四伏，始皇帝还是顾不了那么多。他以一己之躯面对整个天下，深知命之不存，九洲尽取又有何用？既然"朕即天下"，那么朕不存则天下不存。

李斯则要多情一些，对社稷山河、对嬴政王，皆自作多情。"千古一帝"都在全力准备自己的后事，一个丞相又算得了什么。

如上是我对李斯一伙的苛刻。比起一个学士的叛卖、以同类鲜血换取荣禄者，更厉的诅咒也都使得。入夜我在船场巡察，心中苦痛非人所知。我对丞相灰暗的面色略有吃惊。我想这是阴毒之火、殷勤低贱的操劳加在一起的折磨，他不会有更好的面容了。人的心绪性质会浮上仪表，嬉戏、荒唐、庸俗者，或者是端庄整严、缜密不苟、求真自省者，都会在眉宇间留下痕迹。我曾震惊于自身面部微小而明晰的变异——我不止一次恐惧于铜镜，深感在其面前暴露无疑。每当自己过于嬉戏，不思进取之时，面部即有轻浮之色；而当我精进不懈、心怀辽远之间，铜镜即映出正气充盈之态。我对此观测许久，简直无一例外。人若颓唐，故作端庄也徒劳无益。人需慎独、内守，长此以往方可敛住正气。正气可以逼退淫邪，反之亦为同理。如同李斯一类阴郁者，心绪必会对其长久滋蚀。

我不想因李斯这样的叛卖者而为学人羞愧，正像不必为那些残暴之徒而为人类羞愧一样。在这个繁衍不息的神秘时世上，圣者逝而再生，渣滓涮而复聚。闻所未闻的妄徒凶暴、触动神怒的凄惨酷烈，也将会一再生发下去。若此，人将以韧抗暴。

后人将对我东渡的时间和地点、航行路线兴致渐高。特别是我那些彼岸的亲戚，面对各方猜测，必多愤懑。其实这也情有可原，因为时隔两千余年，一切皆无踪迹。有人将我东渡之日定为"农历十月十九日",并由此而生出一个"徐市节"。我心中感激有之,感慨亦有之。本人率众三次渡海,时间地点皆有变更。但"农历十月十九日"显然是个错误。秦代以农历十月为年首,我未在年首出海,因水流季风不合。三次出海时间分别为农历六月、七月、八月。最后一次即为秦始皇二十八年,即公元前二百一十九年的农历八月。

那次原打算自黄水河港启程。船场即设于此,因此地处良港,而且丛林茂密,整个海角西北部和东部山峦皆有韧硕大树。历时六个月造起大船七十余艘,又费时两月征集粮草人工。秦吏随船者甚多,多为齐郡守所遣,其用心不言自明。启航时逢六月,天水一色。然季风水流并不相合,船队本欲取道海角北湾,经庙岛群岛达辽东南之老铁山,东驶高句丽半岛,入鸭绿江口。此路缘海岸而行,沿岸陆上丘陵连绵,山岭凸立,陆标甚明,海内则多有岛屿,港湾锚地不绝。因在近海徘徊多时,西风仍盛,后不得不取道琅琊。

琅琊自春秋起即为半岛东岸良港。而秦王东巡时多次于此泊船，又经整缮。船队入港后大事休整，避入琅琊附近的利根湾。秦吏恐有异变，兵士遍布利根湾陆上十里，殊为可笑。这一切动作皆由齐郡守策划。齐郡守原为齐王建时一官吏，公元前二百二十一年引秦兵自燕南下，后得迁升。叛逆奸贼，其恶尤甚。

利根湾口介于大珠山嘴与斋堂岛之间，为避风绝好去处。斋堂岛本一荒芜小岛，我曾在休整闲暇率几位方士登岛，实行斋戒，沐浴更衣祈祷，故名之。十日后起锚沿岸北上，进入灵山湾；此湾东南可望灵山岛，足为海上屏障。船队泊灵山湾，经五日休养，充补淡水，继续沿岸北行。至此达成山头，亦即始皇帝登临之地。一线沿途山脉连绵，水礁碍厄甚少，小湾遍生，可随时行止。

船队驶出成山头水域，即见茫茫无际之渺。船队开始东航，直驶高句丽半岛。此时西风吹拂，间有微弱南风，一帆风顺。船行三日后，无奈南北走向海流愈盛，且自成山头至高句丽半岛的海上跨径远达几百里，渐渐偏离航向；五日后，我与驾船人及众方士商量，改航路向西南，尔后绕路西行，驶达另一大港芝罘。该段航程虽遥远曲折，但天然港湾及避风锚地随处可觅，山深水阔，不失为最佳路径。

如此盘桓日久，丧失时间，及九月风向遂变，船队只得回返黄水河港。齐郡守亲临问罪，出言狞厉，命秦吏封查船队所有物品。我强忍愤激，述说航路险要曲折，并让随船秦吏一一佐证。我着重申明：为始皇帝采仙药、抵九洲泽国，乃天地间第一伟绩，岂能一蹴而就？更何况船队海上周旋搏击三月，艰辛非常，劳绩俱在，犹可为再次出航探得正路，何罪之有？齐郡守见声色益壮，言之凿凿，只得悻悻而退。

我奏请重辟船场，打造坚固楼船，一切再加周备，等待良机出航；同时择莱夷地方最精良之船夫渔人，并携船场领班、我的挚友淳于林，备好一切必需之物品，随时轻便出海。

临行前我与卞姜泣别。她自知凶多吉少，再三叮嘱淳于林一路辅佐。淳于林是莱夷护城将军，曾秘密联手数名尉官反戈，起事前二十日秦入齐，乃罢。船队初航淳于林即充作百工登船，原手下尉官也随之成行，只待船至中途相机事变。卞姜泣哭不止，尔后一向刚强的淳于林将军也流下泪来。这使我稍稍吃惊。

我与淳于林几人只驾小船三艘，但装备精良，人手绝佳。俟一切准备停当，季节已近农历七月。此时风水正合，据渔人言传，七月间水流改向，可凭借天时沿北部海岸绕行，一直漂流至庙岛群岛。该航路已被渔民走熟，他们多次由黄水河口起航，先抵南北长山，再砣矶岛、大小钦岛、南北城隍岛，穿过老铁山水道，抵达辽东半岛。下一段路程即是由辽东驶往高句丽半岛东南，去对马、冲岛、大岛，登北九洲沿岸。至妙之处是船航至高句丽半岛约一月余，正可赶上瀛洲海域左旋海流的单向自然漂流。如此只消半月余，即可登上瀛洲。

三艘航船于七月上旬如期出海。

正如渔夫所言，航路颇为顺畅，自长山列岛至北城隍岛水路曲折，然全无风险。最为可怖的是横穿老铁山水道，水色苍黑，流急涌大，令人毛骨悚然。至辽东后稍事休整，补填米水，再打足精神驶向高句丽。一路艰辛难叙，几度绝望。好在自高句丽南岸募得一本地渔夫，施以重金，答应驶船。渔夫熟稔水道，尔后几经风险终算如愿。山光水丽之处可为瀛洲，然船帆只在周边小岛徘徊，难以登临。

从小岛远望瀛洲，可见沃壤千里，峰峦碧秀。淳于林恃武气盛，勇力可嘉，但临近陆地又不得不速速退却。陆上土人颇多，身着树皮兽衣，语言浊怪，持弓携棍，似不可近。

尽管如此，一干人还是喜不自禁。

在小岛上流连半月，天气渐冷，不得不尽快归去。归路风险依旧，只是较来路坦然；船至高句丽北五十余里处一船触礁，船上五人只救得一个，其余皆被急流卷裹、巨鲛吞噬。淳于林曾用弓箭射中一鲛，然其身带箭镞依旧悠游。余下一月之里程有惊无险，唯随船一渔夫年迈不胜劳顿，暴发热病，挽救无效死去。归路上我与左右挚友再三议事，最后意见归一：此次迁徙为亘古未有之大举，必得成全；所计划步骤，不能有一毫闪失；择人谋事，慎之又慎。为堵塞疑迹，约定登陆后不得言说瀛洲真实，只可敷衍水路凶险，有巨鲛阻碍，不得近前云云。考虑到此一去将永生不得复返，几人齐声叹息。有老者献策云：蛮荒之地人疏土寒，区区百人不胜孤寂，日后也不得蕃茂繁华；若能一举携来数千人口，久远之未来方有大业可图……

老者所言甚是。所有人都长久不语。有人想起莱夷之南部蛮地古俗：河妖与海妖兴风作浪之际，常抛童男童女祭之。于是议定：为求得仙药，抵达彼岸，必射死巨鲛，童男童女奉与海神。

归来后未去船场，也未急于搪塞郡守和秦吏。我只将极多时光留与卞姜和小林童身边。她与稚儿望眼欲穿，思我心碎。我未曾讲叙风浪险绝下的死亡生还，只轻描淡写掠过。凭卞姜之聪慧颖悟，不难理会其中的艰辛。眼下她全是欣悦，简直有些大喜过望。历经几月的海上腥咸，此刻我们紧紧相拥，只觉得她周身都散发出春草的清香。小林童轻咬拇指，我把他们母子吻过又吻。

余下的日子我一人藏入后室，杜绝一切来客。后室仄逼，但有一隐蔽通道可达草堂。草堂从来无人问津，四周有密密围篱，中间是一二亩菜田。草堂内有书简三五籍，笔管一二支。这是我一人静修之地，也是我舐伤抚疼之所。在长达三年的时间里，我曾在此览阅无数简册，抄经四十二卷。思远古辨义理，沉浸痴迷不知回返。卞姜居于十步之遥，我却把无数柔肠埋于悠思。夜深我尚无睡意，轻轻踱过通道，寻找呼吸之声。

母子二人已经入睡，小林童枕着母亲手臂。母子何等安详。一样的鼻翼、嘴角、眼睫，甚至是同样鲜润的肌肤。满室洋溢着槐花的香气。我听到细微的、异样的呼噜声，原以为是小林童发出，后来才看到他们身侧有一只鼾睡大猫。它肥胖浑圆，毛色闪亮，小小鼻子精巧绝伦。可见我离家后母子寂苦，养育起这可爱的生灵。

我蹑手蹑脚走开，想到最后撤离的日子，无论如何不可遗下这只美猫。

草堂离船场尚远，仿佛可闻当当斧凿之声。与母国分别的日子即在眼前。一场剧烈艰苦、难以预测的较智较力也将开始。我不止一次细细想过嬴政那细长的眼睛、李斯那灰暗的面孔。现在我是沉然笃定、敛起精力之时。我必须把一切都想在前边，不得孟浪。妻与娇儿给了我特异的力量，还有对区兰的珍贵忆想。我渐渐加强了一个理念：作为人子，我已赢获全部幸福，蒙恩盈足；剩下的只是对上苍的回报了。

我欲施行的绝非一般的善，而是大善。这必使我蒙受巨大痛苦，它们会竭力折磨我、伤损我，使我不时临近绝境，全凭一己勇气挽回。我还会遭受几千年的大误解，牺牲之后又要裹糊污浊。我必得对这一切全数有个预料，然后再迈出致命一步。属于我的全部时间只有六十年左右，而这之前已相当啬吝地花掉了多半。

接着是再三筹划。

对秦王、李斯、齐郡守的禀奏要点；楼船数目、童男童女数目，兵士、弓弩手……淳于林着手起事，缜密周备，万无一失。太史阿来则负责运藏经卷简册。我亲自选择随行"方士"。其中一部将同淳于林暗置的伍长一起充作"百工"。事变地点择在穿越老铁山水道之后，"同舟共济"会使秦吏松弛警觉，加上疲惫惊险,正可动手。淳于林说一旦事败他即自刎,大局尚可挽回。为最坏打算计,起事筹划细节只由他一人与各伍长传布。

入草堂六日,齐郡守派人来传。卜姜依嘱说我渡海染疾,已去民间求治。秦吏三番五次寻来,卜姜依旧将其挡开。

第十一日,我脱去宽松袍衫,身着徐乡城方士祭祀之衣,面容肃穆踱出草堂。齐郡守一行人马正在官邸迎候,我登上饰有金色冠盖的华丽之车。经过几天静卧滋养,我自觉底气充盈,面色尚好,唯在前额留有一处淡淡艾草炙印。

郡守官邸煞是威严,左右幕僚偶尔低咳,垂目视下。我施礼朗声禀奏。我用徐缓清晰、确凿无疑的口气,提出包括三千童男童女在内的一揽子计划,并强调此一行非同小可,势在必得。

郡守立身起座,大为惊骇。

秦王嬴政第二次东巡即在我拜见齐郡守不久。这实在出乎意料。始皇帝不顾远途劳顿,进入齐地之后直接取道琅琊，可见求取仙药之切。郡守不敢稍有怠慢，一面追随迎候，一面命我火速前去琅琊。

我出海求仙的庞大计划看来要早日禀报上去，因为我从嬴政眼里看到了异样神色。那是一对沉重衰老的眼神，可是这一次闪出了再明显不过的微笑。在这双眼睛面前，我感到了自己的恐惧。这一次李斯并未随行，而代之以中车府令赵高。赵高微胖，肤色甚好，慈眉善目，口音清纯。只是他常常发出一种怪笑。这笑声令任何自尊的男子丈夫都不能忍受，我真为之捏了一把汗。可是秦王未有丝毫愠色，看来早已适应了这古怪的声音。我发现赵高对采药一事出奇地感兴趣，详细问过了一切细节，连船行海上的大小解诸事，都一一问过，鼻子里发出满意的哼哼。

秦王几乎毫不犹豫地应允了我提出的一切要求，并嘱身边几个文武官员和郡守全力督办，不得错过八月出海佳期。接着就提出一个令我胆怯心寒的问题：他将亲自陪我去海上射杀大鲛！

我于慌乱中不知摆手说了什么。众人大笑。我终在这笑声中镇静下来。我说："大鲛只在水深浪急之处，未必马上寻得；再说皇上至尊之体，怎可出入水浪涛涌之险？"

秦王哈哈大笑。

第二天五艘楼船自琅琊湾入海。秦王左右皆是弓弩手，我被邀至身边。他青筋暴起的大手持弓待发，令人焦躁又可笑。我祈求大鲛快些出现，以了却这场煎磨。郡守一干人马都在最后一艘楼船上，所有随行者都被告知，一俟巨鲛出水，不可慌张，立马禀报大王，由大王亲手射杀。

船队在海中游弋多日，未见大鲛，只发现了不少鸥鸟。焦愤中秦王一连射杀了十余只鸥鸟，其弓上之力令人叹服。

第十六日，船行至成山头南侧，寻觅巨鲛不见，又去芝罘、黄县。在黄水河港造船场巡视一番，复又登船东去。船行过芝罘不久即发现一巨鲛，全体大呼，恐惧兴奋交织。追逐约一个时辰，巨鲛隐匿。秦王大畅，令船队火速搜寻。船行至成山头北侧，巨鲛终于又现。这一次，秦王命左右不得喧哗惊扰，只耐心靠近，然后连发数箭，大鲛血水遍染一片海浪，

渐渐不支，翻转肚腹。众人山呼"万岁"，压过了海
浪的呼啸。

第五章

　　登临瀛洲已近四个年头，再过几个月我将满五十
岁生日。在我的生命中，我一直恐惧于"五十"这
个数字。按莱夷人的平均寿命计，我已属侥幸之人
了。近日来左胸疼痛仍频，脉象有变。我知道这是
万事入心，思虑过甚。可是正像人无法遏止日之起落，
也无力抑制驰骋游思。除了心病，脚气病也日见嚣张。
若不念万事开端未有结局，我也许早已了结了自己。
在心病和脚气病猖獗之前，腰骨和颈疼曾把我弄得
痛不欲生。我一贯对那班医师不太看重，后来也不
得不请其为我诊视。一看到他们灰暗的面庞、那三
绺长须和长长的手指甲，我的气就不打一处来。可
我还是忍受他们号脉，用一片铜板压住舌根，特别
是伸手翻我的眼皮。最后开出的是几服熬煎得棕黄

中泛着墨绿的汤药。他们照例让尝药人尝过，然后让我喝下。三服药用过后病痛似有缓解，于是，我就把为自己备下的东西暂且藏了——那是几颗断肠草配制的药丸，吞下后只需片刻，一切也就结束了，并未有多大痛苦。这种剧毒药丸自从齐都最后一次归来就一直带在身边；秦王东巡时，我甚至把它存于贴身衣兜，以备不时之需。一旦面临暴君的惨刑、疾病的折磨、无望的绝境，我都给自己留下了这条出逃之路。只是这一可怕的怯懦没人知晓，无论是卞姜、区兰还是淳于林诸人，都只看到我的另一面：忍辱负重、胆大果决。眼下我又在彻夜不眠的煎熬中琢磨那几粒致命的丹丸了；有一天，约莫是三更天里，我憋气爬起，在灯下直盯着三粒丹丸看了许久。那真是一次绝大考验。我身上遍生汗粒，等待巨大诱惑丝丝消退。后来我总算胜了。

每一天黎明我都显得神采依旧，经过梳洗、饮用提神的汤汁，两眼闪出光亮。卫士们已在营帐外换了三班，在门前来回踱步，曙色映着身上的甲胄。他们见到我总是略有慌乱地行礼，我则轻拍其肩以示谢忱。

淳于林禀报：自城邑北面五十里山岭修筑的城墙，至这个夏末已砌四十里；至秋冬两季将砌完中段六十里。砌城之伕多为城内征用，土著为换取粳米、织品，多踊跃投入，故进展较前大增。下则设以排污水道，如此将杜绝蚊蝇脏臭漫延滋生。我听后大为快慰。特别是铺设排污一事，本由我大力倡议，然建城之初却未能实施。百工中的"建造长"自恃名高艺精，径自设计。其实此举非我独创，而是从临淄得来。临淄作为天下数一数二的繁华之都，一切皆有条理，地下水道纵横交织毫无紊乱，清浊有序，出入分明。本城因未设地下排污水道，三年来山洪溢入，污水涨出，恶臭满城，几处疏畅出口都被石砾堵塞。

除了筑城诸事，我更关心的还是兵营体制、操练防卫等。淳于林在这方面无须催促，总是新奇迭出，日日精进。三年来由原来的十五营扩展至二十六营，且器械愈加精良，火器品种多达十二种；抛石机、炮、飞箭、冲锋车、登城云梯、火雷，都迅速增置。兵士盔甲添置数种，金甲由一年前每营四十二件增至八十余件，整整多出一倍。三年来与叛贼交火一次，击退和剿除土著劫匪十余次。兵士严格遵守我的旨令：对土著的打劫围拢以驱除打散缴械劝降为主，不至万不得已不准伤其性命。此类尤在我一一督查之列，所以三年来未曾逾矩。

淳于林一年前欲改变兵士建制，变各"伍长"为"总兵"，并由"总兵"下辖"三伍"，配以全部各类兵器，以单独完成大战项目。此事项之提出，主要为提防秦兵来剿；其次闻东部土人血统颇杂，混有辽东人、高句丽人，甚或有秦地船民也未可知。他们安营扎寨渐成气候，时常劫掠。淳于林多次准备东征，以扫东部灾殃，皆为我劝止。我认为一切尚不到时机，时下坚固城邑强兵自防为要，东部流寇草贼若不犯我，暂且可与之遥相安处。

我在交谈中特意观察了这位将军。有人说淳于林自从与娇女完婚之后更为俊拔；娇妻甚得宠爱，心手皆巧，从当地土人学得制作海鲜三法。莱夷人也有生食海物之俗，但与此地有所不同。淳于林衣饰也好于往日，简直是风尘不沾。在我缄口不语时，他的脸色略有泛红，叫了一声"君房"，再无下文。我并不追问。其实这位将军也有苦不堪言之处：所带兵士、总兵伍长，常有骚乱发生，有时还颇为严重。上个月有两个携带武器逃去，至今下落不明。有人发现他们曾与土人女子一起，于是十有八成是到土人处"入赘做婿"去了。我不知土人风俗，也不知他们时下可否无恙。总之，两个年轻人必是忍无可忍，方才取此下策。淳于林在报告此一叛例后议论："如果开放与土人通婚的禁令，一切也就迎刃而解！"

他的话令我不得安宁。因为自开始择女完婚以来，未得婚配者不在小数，这一部分义愤填膺。可是事关血脉种族诸等至大事体，我却不敢轻言可否。最后一次提交政议，并将这一难题送至大言院。我密切注视大言院，发现一片沉默。原来大言院有三分之一学士尚未婚配，他们就此难题不敢轻率，正抓紧时间出入经卷院。其结果必是引经据典，一发而不可收，一举促成心愿。

一切不出所料。大言院终于展开辩论。辩论终了无非是"可"与"不可"相持不下。令我惊讶的是，并非所有未曾完婚者都是同一种言论，他们当中有人竟坚持反对与土人女子通婚，认为如此一来无异于"亡国亡种"。驳难者反问"国是何国、种是何种"？结果又引出万般烦琐，从炎帝黄帝上溯，说到盘古，最后又大骂"狄戎"，说西部蛮夷入齐后一切都不成体统，一塌糊涂了。

大言院的辩论至少使我想到：既然七国混一、古今混一、四方混一，为何城邑之内不可混一？此莫非作茧自缚？我私下将种种想法议论于"方士"之间，他们当中年老者愤然，而年轻者则合掌而歌。问淳于林，他稍稍赞赏，并借机提出织坊中那个要"追随先师一生"的女子。

"她叫'米米'。"淳于林大概怕我已将其遗忘，故意提醒一遍。

其实我从未忘记她的名字，在脚气病猖獗之夜，我甚至喃喃吐出过这两个字。我认为这是两个至美之字，是再好不过的莱夷名字。莱夷稻米当为七国之首，而且引种时间早于南部泽国，与桑织并为二美，炫耀于世。"米米"也会炫耀于瀛洲吧。想到后来自觉心口灼热，隐隐不安。我曾决意不再有第二"区兰"，只身一人度过暮年。"暮年"二字何等凄凉，不过也多有悲壮。脚气病、左胸闷疼，都使我不能入眠。在这不眠之夜，我特别渴念一个诉说之人。

有几次，也许是不经意间，我又走入了"六坊"中的丝织坊。所有女子皆自顾忙碌——因为这里已成规矩，无论何人查看，皆不得慌张起立耽搁操作。我在织机前走动，像往日一样不时伸手在光泽的丝巾上拂掠一二。我对这些女子的名字一概不知。她们个个垂目，并不看人。偶尔有人抬头，旋即又去操作。时下这些女子已非昔日，她们皆已婚配，满面红色，娇媚胜过常人。

有一女子颇瘦削，纤弱然而妩媚，皮肤微黑。她在片刻间三五次抬头望来，待我注视又匆忙低头。灼热之感从胸口掠过，我在心里念道：米米！我从旁走过，禁不住再次端详，双脚如石块般沉滞难移。女子旁边一人小声嘀咕，全是熟悉的莱夷乡音。惊喜中我终于听到那人呼她"米米"……这时才注意到米米穿了件深绿色手编绠衣，内衬粉色丝缎。腰上束的是水红带子，颈上饰有小小玉贝。她长了微微上吊的凤眼，额头鼓得像鹿；后来我发现其眼睛也闪闪如鹿。她太瘦小，两只羞惭的乳房像秋天的桃子。

米米原来如此之小。我开始深深怀疑起许久前淳于林的传话。我怕她是听从别人授意，认命般地耽搁了婚姻。如果她在童男中尚有自己的意中人，那我就是一个蒙羞的罪人了。

从六坊踱出，四周光色仿佛一齐笼罩，无数目光盯视过来。卫士照例在几十步处走动，我却宁愿他们远在视野之外。有人从大言院和经卷院走出，至近前恭敬施礼，呼一声"先师"离去。

他们敬畏的声气使人振作一些，将我唤回眼前的时光中。举目四望，一阵无法忍受的孤寂泛上。我一瞬间明白，之所以在深夜难以拒绝那几粒要命的丹丸，除了疾病的纠缠，也还有其他痛苦。

我及挚友、百工、方士、童男童女，整整一座城邑的人，都是一些漂流者、从大陆母体上分离出来的孩子。一旦分离，也就丧失了顽皮，从此要直接面对人世间的风霜雨雪了。截断回返之路，剩下的一条路就是继续前往，愈走愈深，走入自己的未知。

我向卫士做一个召唤的手势。他们飞快上前。"传我的旨意吧，我已决定让各色人等，土著人、秦人、莱夷人，此岸与彼岸种种，自由婚配……"

卫士张口结舌，脖颈伸长。我再复叙一遍，他们才应声而去。

听了几次大言院的辩论，令我追思很多。我在百忙中不得不多次出入经卷院，翻动那透着特异气息的卷宗。有些简册已非常陈旧，字迹脱落，韦编绝断。我对经卷院的管理者颇为不满；但对方辩解说，这些经卷大半由七国辗转汇集，经多处匿藏移动，才运至楼船；登临瀛洲之后，经卷院中所有人手——其实也只有区区十几人——全力抢救古籍经典，有的已断断续续转交缮写院抄录；几年来差不多已无暇研琢攻读著述……翻动经卷时腾起的淡淡尘埃，又让我强烈地怀念起老友太史阿来。

对于我和我的左右而言，他是友谊与学术之链上断绝的一环；对于整座登瀛者的城邑而言，他则是完整历史之页中漏掉和滑脱的章节。对于他，我一时不可能有再多透辟的分析。他与那个"女通灵者"的行为够独特的了。他们既不是一般意义上的叛逆，又不是蓄谋日久的贼子。他们的忠贞与诚恳简直人人皆知。

我以前曾想过，他们的死亡之中埋藏着对我的深爱，也遮蔽着对自己的绝望。没有人站在历史进程之外向他们指明：殉一个无冕之王远非值得；他们自己也还不到绝望之时。他们的忍受力太差了，他们过早地吞服了自戕的"丹丸"——当然与我的"丹丸"不同，那是冰凉的剑，是金属所制。人在忍受中会发现奇迹，历史和人心会发生出乎预料的逆转。人总要违背自己的意愿行事，走相反的轨迹。人的最初意愿只是一种动力，它只负责把人推向一定之轨。然后这意愿就失去了定力。人在自己的轨道上滑行，滑向固定难易的方向。太史阿来与"女通灵者"性急到不能等待；他们在嚓嚓作响的滑行中竟然一无所查，认为人和历史命运之车已然停滞。

仅仅为此，我又洒下一把同情之泪。

我不想回想在中途事变不久的甲板遭遇。"女通灵者"在月光下热气腾腾如同烤红薯般的双臂、高耸硕大的乳房，都给人强烈的感觉。特别是在挨上我身体的一刻，我即真实无误地感知了她的肉体，那种特别的温煦和弹性、一个人在极度兴奋中的震颤；那天，她散发着夏天第一批熟杏的气味。在刚刚笃定和历险之后，长达一月的海上之行使我精疲力竭。我在这位女性放肆而颇具勇气的刹那依偎中，获取了他人无法理解的安慰。尽管接下来我出于各种考虑疏远了她，心中也还仍然残留着某种谢忧。

她显然并非一个浅薄可笑的女子，这在其后来的选择中即可见一斑；但她突兀冒险的举止——甲板上的冲动——简直又让我无从解释。像她这样一位年纪略大、富于冒险、体态丰腴的过来人，也许更适合我一点。我从来没有将其当成一个"通灵者"，而只看成一个潜在的肉体伙伴。尽管她颇为精心地构筑描绘了其"通灵"的异样功能，我仍然没有留下过深的印象，而只有丰富强烈的肉体记忆。总之她是一个奇妙的、不可多得的女人。

比较而言，"女通灵者"比米米更能够吸引一个逃亡者。她的死差不多像我的多年挚友太史阿来一样，让我深为震动。我正有许多话要与之交谈，想不到她走得如此匆忙。

太史阿来在多大程度上令其臣服、并支配了她甲板上的行为，如今已无法查寻。我知道太史阿来是一个诡秘异人，常常做出一些不可解之事。记得我与他从乾山祭祀完毕第二天，一同去黄县归城、莱南，然后西行临淄——后因事耽搁未至临淄，与三五"方士"一起经东海沿岸一线返回徐乡。行至一渔村过夜，太史阿来与房东女主人交谈甚多，并应她之请作了道法。第二天一早启程时，女主人尾随不舍，泪眼蒙蒙，令太史颇尴尬。我一再让其劝止，女人仍随。我只得亲自劝其返回。女人泣哭不止，说随太史抛家舍业在所不惜："他是人世间第一个让人舍不得的男子，只与你说不清细……"我只得令太史了结此事。太史于是只消片刻私语，那女子就恋恋不舍地回身去了。我总设想他正以相似方式使"女通灵者"追随。

太史阿来从来睥睨婚姻，自称杜绝酒色，又在徐乡一带常有风声。一寡妇受雇为其浆洗做饭三年，尔后事发。族上严加追问吐露详情：太史阿来行为极其乖戾，而且十分沉溺，举止怪异到意想不到。寡妇曾向族人展示身上数处印痕，叙说一二，听者大为惊骇。族人合伙缉拿邪癖之徒，我只得令人藏匿，转至黄县北海桑岛。寡妇在族中再无颜面，数次寻死，终究投井自溺。加上"女通灵者"，太史阿来此生已携两女走入冥界，可悲可叹！

　　自秦始皇第一次东巡至今，我与同伴结识、相聚、流失，不知有多少人次回合。我已疲惫。秦王二十八年之前更是令人慨叹不止。历经多少险境，再背负出卖之绝情凶恶，心上愈加冰凉。

　　我如今可由几字概括：多病、疲惫、麻木、多疑。麻木是多次挫伤摧折的结果；而多疑却是存活的必需。在内心深处，我不敢让这样一些触角收束伏下，而必须大张开来。我并不相信这里是一片最后抵达的精神陆地，正像我不信三百艘楼船装载了同一种义理一样。人可共赴危难，但这说明的也仅仅是"共赴"之特殊、固定的时段。人生危难瞬息万变，"共赴"者将会不断组合、聚拢和分离。韩非与李斯同为荀子弟子，一个却死于另一个手中。他们之间的差异不仅是"义理"，还有世俗之益，还有血源之异。我不相信李斯之流，首先是不信任他的血脉。他是远在彼岸的背弃者、出卖者，双手沾满学子鲜血的罪孽。

太史阿来忠诚于我的，只是我身上的一部、生命中的一程。时过境迁，我即让其感到陌生。我们寻找的"义理"原是如此不同。踏上瀛洲，漫漫长路又将启步，能够伴随者不知尚有几人？我警惕的竟至于还有自身！我害怕意念与肉体对抗、害怕灵魂的遗弃，害怕无谓的迁徙。

太史阿来留给我强烈震撼的不是死亡本身，而是生之嬉戏、邪癖、私欲——这一切相加都不能剥夺的"意念"。他这一切曾与我心魂深处的一部悄悄吻合。但也仅是一小部分和一个阶段而已。他曾在徐乡的某一个深夜，声泪俱下地言说那个"意念"。他牢牢记取的是莱夷人的祖先和业绩，并自始至终是一个

"伟大的复国主义者"——仅由此而论，他也是一个纯粹者，一个高尚可敬，然而却又是害莫大焉的妄人。

他在莱夷人的自尊和威严、利益与机会面前可以丢弃一切。为了那个"意念"他可以丢弃怜悯、道义，而且永远没有罪恶感。我实在看不出在这一点上他与李斯、秦王和齐闵王之流有什么本质区别。当然这些人很容易在狭小的层面上找到狂热的颂扬者，但这也丝毫无助于他们。

在太史阿来为自己激动之时，我却为自己而悲伤。我发现年届四十，却来到了人生的十字路口，对以往滋生深切怀疑。我怀疑一个消失于彼岸的故国能否存留于他乡？我怀疑世上许许多多东西，包括社稷，有时真的会是一去不再复返。这一切当时并未说出，一方面因为还没有梳理清晰，另一方面也为了回避剧烈论争。太史阿来收集了所有关于莱夷故国的经卷，哪怕是只言片简。他对自己的来路与去路毫不怀疑。我不知该怎样评定和判断这位迅速衰老的、一度是相濡以沫的兄长。我发现源于内心的炽热火焰已将他烤得枯干。他脸上皱纹细密如同灰尘。

　　我渐渐不能支持他的"意念"以及这种"意念"的方式。那是一种极其世俗化的精神提摄,至为现实又至为明朗。比如说它支持一部分人索要土地、城邑、特权,以及其他种种好处;它并不排斥这样的思路:为了这一部分人的获取,可以向另一部分人掠夺,可以造成另一部分人的莫大痛苦,直至死亡。

　　我于是渐渐恐惧于太史阿来。

　　但我也曾被其误解为源于同一种思路和目的的狂热。我深知他今后会由我身上产生出长长的悲凉绝望,直至仇恨。他会以另一种方式表达对"旧我"的忠诚。他需要我的"回返"和"归来"。但这已不能够了。

　　我常常想起在徐乡城的一次对弈。那是从临淄稷下来的几位弈人——他们闻听徐乡是一座"百花齐放之城",诗书琴棋之风甚盛,特来切磋商榷。我率众士大礼迎之,并安排对弈析难。对弈中,徐乡一方对稷下一方,十六局胜九局,费时七天七夜。观棋者甚众,气氛热烈,有人兴奋得不能支持,手舞足蹈,甚至口吐狂言。其中最为活跃者乃太史阿来，他并不参加对弈，但每局都牵动神思，败则神伤痛楚，捶胸顿足；胜则啊啊呼叫，忘乎所以。最失礼处，宾客未走，他即与一班方士在驳辩中讥讽起来，并由弈技引申到莱夷与齐人种族优劣之比较、国势之衰盛轮回、齐人之不义——鲜廉寡耻、勾连蛮戎，必沦为亡奴等。双方愈吵愈盛，无法止息，最后太史阿来竟愤然而去；当夜，太史阿来又率人围困宾客馆舍，呼喊叫骂。幸而有淳于林一干人前去解围，方才了结一场尴尬。

事后太史阿来不以为耻，余气犹盛。他说莱子国怎可负于齐愚？幸好略胜一筹，若蒙羞，他愿舍命一搏！我问他，仅此之一命，搏一局之输赢，岂不太亏？谁知他听后青筋暴起，拍胸噗噗有声，曰："大丈夫视尊严若性命，士可杀而不可辱！"我再无言。我觉得徐乡人以对弈定荣辱，已蒙辱在先。

齐国宾客离开徐乡三日，我犹在苦思之中。除对弈之外，驳难，甚至比试剑法、骑射，徐乡之士都常有出色之处，令我喜悦畅快。这是至朴素之情感，皆由水土培植。不爱水土，极为荒谬悖理，犹如疏离背弃生母。但不能以对弈竞技,轻言社稷之尊。我在这畅悦狂热中感到了危兆。

种族和社稷,此二者太重了。

她容不得轻薄肤浅之徒的无忌无度。她不容各种各样的损伤。她的强大雍容,即在于蕴含、沉然,还有肃穆。一己之心往往难以度测,她的尊贵、挚爱,都应潜于血液与不言之中。

她总是通过显示深厚而彻底的义理,来表达自己的尊严。一切离开这一基柢的表达,无论多少热情炽烫激烈,都会造成相反的结果,使其长久蒙羞,伤及骨髓。它支持下的热情将不会耐久;它赢来的富强也不会长远。

在一种虚妄的热情支配下,一个部族的大部甚至全部都会踏上歧路。歧路即是末路。昏聩狂妄的君主恃民族之众,幻想着不受追究。其实一个民族既可犯罪,也就难辞其咎。昏君相信"民众是永远不会错的","君即民众""君即社稷"——实际情形则是:"民众"既会犯错,"君主"也非社稷。无论有多少诱因,民众的行为仍是一种集体行为,即多数人在某一前提和某一心绪状态下达成的一种妥协一致。太史阿来的"忠贞"与"热情"相当通俗明了，众人尚来不及思虑也就拥赞了他。对他一度不能质疑，犹疑就要受到唾弃。

我至尊至贵的莱夷之母啊，我有何言？

如果正道换来的是唾弃，那就将我唾弃吧。深夜人声四息，我甚至想，就让我忍受这一代一世，甚或永久的误解吧，就让我拿出不可思议的巨勇吧！谁来给我这勇这力？谁来给我这心这志？没有，只有我自己生得获得，然后才用得。

我坚信在后来的一切艰难时日中，甚至是后来人一世复一世的无涯之中，每个人将忍受的最大艰辛，都是这追思寻路之苦、这自问自答之苦；此苦无边无际，伴人一生。

回想从莱夷徐乡到临淄访学、民间长达数年的游荡，我都在一种质询、矛盾和纠缠中活着。有时我顿觉豁然开朗，有时又四无通路，步入绝境。意象通明，脚下阻塞；脚下畅然，义理全无。沟通虚与实、言与行、动与静、远与近，即让人耗失全部体力。有时我极想寻一个大致不错的通路行走，比如访学苦思和抵抗蛮暴。但后来发现这条"大致不错的通路"又将人引向大相径庭的异方。同是访学，纷纭的义理也会把人缠裹；同是抵抗蛮暴，却会让人援引各种手法。其结果将不堪设想。看来寻一个"大致不错的通路"也远非易事。

随着强秦东渐，四水归一，我的悟想纷乱匆忙。去临淄、访稷门、入民间、集同道，无非是寻一个简便可行且不可耽搁的途径。我反复思虑：在此非常之时世，我要做与必做之事到底是什么？拒秦已不可能，复莱更是遥远，归附即是罪孽。吾欲将何为？

这个时世有多少人像我一样心怀哀伤。他们从西向东，仿佛七国之崇山峻岭渗出的涓流，汇入了底层，化入了民间。他们各怀念想，一颗心并非分属七国。这都是时世的哀伤者和寻路者，都在痛苦地想念。秦王统一七国之后，更大的野心是要统一人的想念。于是繁杂而众多的想念也就没了去处。

想念是至为重要的。给众多的、如春日繁花般绚烂的想念找下一个去处，也就是时代的大善。

这个路径在心中渐渐明晰起来。我终于认定：它即是"大致不错的通路"！

我于是谨依心示而行，不分门派，不穷义理，只为保存想念；我引众学士儒生东去海角、再入徐乡，尔后同做"方士"。一时徐乡成为名副其实的"百花齐放之城"；地远心偏，鞭长莫及，加以秦王喜好神仙之术，热衷不老丹丸，齐郡官吏也多多效法。一时间对"神仙"存疑者为吏甚难，对"丹丸"摒弃者几近愚傻。唯"方士"大行其道，优哉游哉。太史阿来第一个尊我为"先师"，我每每拒之，他即勃然变色，结果也只能勉强为之，对这一称号逐日习惯。

其实就"方士"的道法与礼仪事项而言，徐乡本土有一些真正的"先师"，而今在这座城内却成为末流；一个个愤愤不平，又莫名其妙；他们出示典范，太史阿来就斥为"大谬"；日久之后也只得臣服，以"先师"之礼待我。

太史阿来常以焚书坑儒之凶警示"方士"，以激发抗暴之心。这原不错，只是失于浮浅。日久，已有多人不能见容。我甚为苦恼。我多次想与之深谈，又不知缘何谈起。我巍巍然以"先师"自守，他总是温顺肃穆，甚至诚惶诚恐。于是我渐生疑窦，发觉有进入角色之辱。这角色的规定者即太史阿来与一班追随者。也许仅仅是在我进入角色时他才如此谦卑。我且忍耐，因为时下也只能如此。我发现太史阿来以及周边为数不少的方士，因过于迷恋自己的角色而达"忘我"境地，渐渐将性命与角色混而为一。我只在内心认定他们的激愤、焦思和痛心疾首多少有些自欺和欺人，但无从找到戳穿的切口。

如上想法往往是一闪而过，是我独自一人的悟想，并未道出。我太需要他们，正如同他们太需要我一样。我亲眼看到来自七国的儒生名士、各色人等在经受如何痛苦。他们正进入另一囚笼。这囚笼无形无影，却紧紧相逼，使一切违背莱夷的义理都隐退消匿。这个囚笼给人以肉躯的安全，却又给人以灵魂的戕伐。

半夜出了一身汗粒，胸跳如鼓，伴以阵阵疼痛。

我挣扎起来喝了一口水，吞下三粒医师的药丸。这些治胸疼的药丸都按验方制成，呈墨绿色。接着再不能入睡，心慌胆怯。脚气病也屡屡冒犯，时下虽被扼制，但不知何时又会嚣张。颈骨像镶了一块陌生的木节，麻胀刺痛，有时真要令人破口大骂。我知道这样下去终不是办法，事情总该有个了结。作为一个略通医术的人，我明白自己身上的所有疾患都将不治。那几粒致命的丹丸仍在诱惑，我正小心而缓慢地走近它。放不下的是此岸彼岸的牵挂，一座城邑的未来。我对身边一切事业的明天不敢设想。强烈思念卞姜、区兰、小林童——这个夜晚我突然觉得他的那一对微微上挑的眼睛有些异样。

这样一直挨到黎明，开始洗漱、用餐、晨读。接着是一件连一件的禀报，于是胸疼和颈部疾患全部无影无踪。我发觉自己最喜黎明到日落这一段光阴，深惧夜晚。我想寻一个伴寝之人。我让守夜卫士夜里陪我说话，如果困了则歪在榻上歇息一会儿，醒来续谈。这样我觉得略可忍受长夜。

陪我的卫士已跟随两年，以前似乎未曾多言。他十九岁，家在徐乡南边村落，自小随父捕鱼，十六岁入城做织工。他当年作为划桨手上船，登临瀛洲后被淳于林选作卫士。所有卫士都经淳于林亲自审定，从五官举止到身世亲戚，一一验过。这个叫"甘子"的年轻人眉目极为清秀，身体细长，手足柔软，开始回我话必挺胸昂首。我让他随意些，自己也斜倚榻上与之对谈。所谈皆莱夷旧事风俗，如观乾山祭祀典礼、春天渔夫祭海、婚丧礼仪……甘子渐渐没了拘谨，笑声朗朗。夜半之后，有时我不知不觉间睡去，一觉只是片刻，醒来却见甘子睡得深沉。他睡相甚美，双目夹出长长一溜睫毛，让人想起安眠的羔羊。

我有时长达一个时辰站在安睡的甘子旁，屏息静气，唯恐将他惊扰。我想起了小林童和其他。在这样完美无缺、蓬勃向上的青春面前，我有一种难言的羞愧和感激。有好几次我莫名地流出泪来。甘子吐纳的气息含蕴了芳香，那面庞如丝缎一样闪亮，又如七月之果。后来我出了帐子，见有卫士在不远处踱步。仰望星空，又展望紫黑色远山，心中颇为安然。朦胧中觉得帐中正睡一顽皮温驯的孩子。

这一天政议结束时，两个长者留下，未曾开口即跪倒在地。这使我大为惊骇。自来瀛洲，除了几个捉回的叛将伍长惧死而跪，还极少有人行此大礼。我慌然搀扶，他们好不容易才站立了。我说："这万万使不得！这会折杀我也！"老者泪水在深皱中闪烁，尚未开口先仰天长叹。我一再请求赐教，他们才直言不讳起来。

原来他们所求者有三：一是立即收回成命，禁止城邑中人与土人混血通婚；二是来瀛洲日久，欲图大业久远，实不可无君；三是从社稷子嗣计，先师必须择娶，万不能再有耽搁。

三者都在一再禁言之列。我料定二老的确是鼓足了勇气。连我也觉得欲做成这三条颇为容易，若不做倒是极难了。他们反复强调此乃全城人之心愿，只不过别人没有胆量直言；而他们年事已高，早无挂碍。

我只能婉言应对，答应仔细斟酌。他们离开后，我愈觉从未有过之沉重。船队驶离黄水河港那一刻，我望着船尾翻起的波浪，心想一切刚刚才开始。

我想得不对了，此一行既走向了开始，又走向了结束。

我将像拖延自己的生命一样拖延下去，对三项要求未做一丝变更，并坚持不列入政议。我知道二老的勇气来自多方支持，其力量恐难预料。我也知道自己处于特异危险之中，也许使命已经完结，从中途事变甚或更早时日就该由另一个接替了。这个人会是谁呢？

这一夜甘子久久未来。

大约三更时分有人笃笃敲门。我以为是甘子，上前开门。门前跪着一个女子。她伏在那儿，但我从瘦瘦的肩头一眼就认出是米米。

"请站了吧。"

"不，先师！您答应让我服侍才能站起……我知道这是命定的。"

我没有愤怒，只有压抑了的一丝狂喜。我问："谁告诉你是这样？"

"不知道……我只知这辈子不能离开先师了！"

"那你站起来吧！"

第六章

　　我想简明扼要地追述一下莱夷人的历史。这颇困难，但我还是想努力寻觅一个"原来"——我知道任何类似的企图都会大有争议。比我更为"好事"的大有人在，他们引经据典的能力并不逊于我。不过这在我也是必做之事。长久以来我都疲于奔命，几乎没有时间做出这些梳理。而关于一个民族的任何追忆，都不可能不影响到时下正在形成或遵循的义理。也就是说，我及我的同道走到了时下一步，是必须如此的。

　　只要稍稍回眸，就不能不为自己所从属的民族而自豪。这是一种源于血脉的情感，它并不能淹没清晰的思路，尤其不能淹没至善的义理。我的莱夷族是后来中原大族所蔑称的"九夷"之一。"九夷"后来的变故多到不可言说，其名称由于时间的久远、复杂的演化，已大致不可据信。但"莱夷"肯定在

"九夷"之中。夷族居于东方，黄河下游、濒临大海，拥有当时天下至为发达的文化：发明了陶器和文字。历史上记载的"孔子欲居九夷"，即是这位游说访学之士最后的选择。他的选择当然出于物质和精神两个方面的考虑。"九夷"在漫长的历史演化中几经变迁，分化瓦解到惨不忍睹。他们经受了来自西部强敌的进逼，不断向东退却，最后全部缩居于一块不大的滨海地区。这个过程不堪回首，灭国的灭国，迁居的迁居，降附的降附，其中大部已融合得无有踪迹。

莱夷族是"九夷"之中最为强大和倔强的一个部族。它由若干个胞族组合而成，其中最有影响的又是其中的两个胞族：孤竹和纪。他们好比是"莱夷族"两兄弟，在纷纭复杂、酷烈壮阔的时世有令人泣下的行迹。我不得不说，像所有英雄部族一样，他们的悲欢离合、从兴起到衰亡的真实历史，就是一部动人心魄的史诗。

莱夷族起初是一个游牧民族。它在遥远得无法追述、几近淹没的历史年代里就定居在东部海角，其中心地区即黄县莱山北麓；距莱山二十余里的归城故城，那高大的夯土城墙屹立风雨，千年尘埃也难以淹没。许久以后的考古学家对待复杂的历史往往会有眼花缭乱和犹疑不决之时；比如说他们会把归城莱国故地误为齐灭莱之后由临淄一带迁移。其实归城故城是莱夷人最初也是最重要的一个城邑，在长达几千年的时光中都是莱子国都。远在夏代甚或更早，它们的势力范围已达泰山以南地区；黄河西岸的大片土地也属于莱夷人治下。这是当时天下最为富强的东方大国。

莱夷人在东部海角定居的时代，老铁山海峡还没有发生陆沉。从海角到辽东半岛的遥远路程可以骑马穿越。所以这个游牧民族自从远古时期就自由来往于北至贝加尔湖南岸、东至高句丽半岛、南至胶州湾这样一片不可思议的巨大陆地。从当时的地理版图上看，其国都定位于后来的海角地带是颇有远见的。当时看不出地理意义上的狭窄感；而后来由于打通了海上通道，地理上的偏僻和局促就更不存在。至于这个骑马民族如何缘起，又经过了哪些更早的分合衍化，已难以追述；人们只好无一例外地求助于神话。从有文字可稽的历史中可以看出，莱夷族是生存于黄县海角一带的"土著"。他们擅长骑射、冶炼和丝织，发明了文字——直至西部狄戎、鬼方、白狄族东侵，再到秦统一文字，历经了几千年的融合演化，文字仍源于莱夷的发明，并能跨越八千年风烟，直接呈现于后人。丝织业的繁荣传统在八千年后也不会淹灭。其时的"现代人"将会在半岛地区看到最为华美的丝绸。至于冶炼，那更是无可驳辩地直接记载于文字："铁"字的"失"部即由"夷"字转写。由于莱夷人的国都位于老铁山南部，铁矿资源极为丰富，莱夷人就在海角地带建立了庞大的冶炼的基地。

我认为莱子国在西周以前时期达到了强盛的顶点。这是不同胞族合力开拓的结果。孤竹与纪这两个胞族起到了中坚作用；而纪族又是最强大繁荣的一个胞族。莱子国自西周之后走入了低潮期，但这个过程极其缓慢，远比后人认为的要缓慢得多。有人把莱子国的衰变完全归之于纪与孤竹的分裂和相互背叛。这是非常荒谬的。两个胞族间有过龃龉，但尚不可以称之为"背叛"；"背叛"不能让整个胞族承担。莱子国的衰败萎颓是不可挽回的运命。

令人一直费解的是，历史上为什么一再发生这样的事实：比较落后的民族取代了比较先进的民族聚居权。这已是一个不变的结论。中原以及东部生活比较优越，当文化落后的民族取得了聚居权之后，往往又会被更为落后的民族所驱逐。那一段的历史图表几乎无一例外地可以做出这样的阐释。以莱夷人为代表的诸夷创造了灿烂的文化，却在最后没有能力保护自己的社稷，有的甚至几近灭族灭种的悲境。

莱夷人有一个强大对手：周。周的势力从中原一带扩展到黄河以东，终于主导了泰山以东广大地区，迫使莱夷人迅速东撤。其实周人的族居地也并非中原。周之后人总乐于说自己的始族为轩辕氏黄帝，完全是出于一种虚荣；另有一说为"东海人"，也出于同样原因。周氏族其实是源于比较落后的白狄族；白狄族与犬戎、鬼方等都是古代同以"犬"作为氏族图腾的北狄族，他们的居地最早在西北部。远在夏代以前，白狄族的一部就沿黄河来到中原地区，他们是姬、姜两个胞族。有人说姜太公是"东海人"，自然非常荒谬。白狄族因其落后而在中原颇受歧视，所以后人总是抹去自己的血缘痕迹。他们把姜太公说成"东海人"，又说成是中原土著（河南汲县人），显然都出于这样的目的。

姬和姜姓的婚姻，使两个胞族结成了更为紧密的部落。周氏族在中原立足之初与夷族有过极为美好的合作。其莱夷族的孤竹一部即在泰山以南、黄河中下游一带与周人过从甚密。孤竹曾不无争议地将一块富饶的属地划给了周氏族，这其中的代价是什么一时还难以明了，但的确是一个重要的历史事件。周氏族与莱夷人值得怀念的合作期当是这一阶段。"鱼族"作为周氏族中的一个胞族，也属于姜姓；而"嬴"姓属于另一胞族"鼋族"。他们都是白狄族的后裔。秦始皇姓"嬴"，也不难寻其血缘流脉。有人称其为"狄戎之王"，并不显得多么唐突虚妄。

周氏族中的"鱼族"曾是中原地区的一个"大族"。在历次复杂的战争和兼并、融合之中，后来已被消失得几乎杳无踪影。在悠远的古代，它显然经历了一段极为痛苦的时期。这当然不排斥后来越来越强大的周氏族的内部分裂。当年与孤竹合作最好的就是这个鱼族；同时也可以预想，这种亲密无间的合作的结局会是什么。它导致了周氏族内部的分裂。有一个时期——想必是至为艰难之时，鱼族人的足迹遍布东部，这显然是莱夷人对其施与的特殊恩惠。再到后来，当莱夷人与周氏族彻底决裂、发生了所谓"东夷四国结盟反周"的事件时，鱼族倾向并参与了夷族的行动。这是一个重要事件，是不同的氏族融血的过程。

所以面对复杂难言的史实，我渐渐已不满足于以族划界，一味排斥狄戎。那将是狭隘和浅薄的做法。因为在漫长的演化融合过程中，有时血缘的关系远非是第一要素。不同的部族可以在不同的物质文化环境中寻找共同利益，共赴同一种运命，完成同一种义理。我提出了这种推论，虽依据了强大的史实依据，却遭到了太史阿来的剧烈反击。他是个"血缘至上"论者，在不顾基本史实、歪曲历史真相的基础上抛出了一整套谬论妄言。后代人强做攀附、无中生有地寻找某些血缘佐证以求得结论的做法，简直与之如出一辙。

　　后来人不止一次地得出"万族归宗""万世一系"的结论，说华夏大地诸色人等差不多皆出于"炎黄二帝"；有人甚至画出了"黄帝像"，这就更为可笑。因为无论"黄帝"还是"炎帝"都不是一个人的名字，而只是氏族的名字。传说仅是传说，不能认虚妄为事实。如果根据正史的记载，黄帝乃少典之子；而少典乃炎帝神农氏所生，这又把黄帝族与炎帝族合而为一，此说本身也就彼此矛盾。

　　真实的情况显而易见要复杂得多。无论是"黄帝"还是"炎帝"族，也无论是"九夷"还是源于"白狄"的"鱼族"及其他，在漫长不可考据的演化之中都经历了地理与血缘的巨大演变；因自然灾变和战争而造成的迁徙：混合、分化以及融血，其具体渊源已完全难以测知。因此我即便极为重视"血缘"，即便赖此寻觅和确定自己的情感脉络，那也只得无可奈何地去做一个"世界主义者"了！

　　无论如何，历史上的周氏族与莱夷族之争是至为遗憾的事情。类似的遗憾在古今历史上尽管屡见不鲜，我也还是感到了十分痛心。这当然不仅因为它导致了莱子国的衰败。这场争端引发了剧烈的战争，并产生了莱夷族内部——孤竹与纪的反目。两个兄弟胞族的失和也是一个氏族衰颓的重要动因。

曾有人认为孤竹与纪的争吵不休以至最后分道扬镳是对族上遗产的争夺；还有传说认为仅是为一件具有象征意义的甲胄、一只日行千里的宝马发生口角。这皆不足信。他们矛盾之不可化解，必定与莱夷和周氏族的历史性争斗有关。关于"孤竹的背叛"更不足信。在激烈复杂的氏族战争中，彼此的俘获、降诚常常发生，但就整个孤竹而言还是至为清白的。他们与纪的和解过程也将有助于说明缘由。

早在殷人入侵莱夷的时期，孤竹就曾与纪分手，远途跋涉穿越老铁山海峡北上；但那不是反目，而是与殷人斗争的需要，等于是一场战略转移。当时的周氏族尚未成气候，他们倾向于孤竹，所以才有了后来的合作，有了孤竹分割属地，让来自西部的白狄一支有了栖息之地。当时殷与莱夷人的战争甚为酷烈，莱夷一度丧失了西部大片土地。迫于形势的严峻，莱夷人北上寻找新的栖居地也完全必要。大约是几十年之后，北上的孤竹立足已稳，同时莱夷与殷人的关系也趋于稳定，这时孤竹的大部才重新沿老铁山海峡返回海角。

后来的周氏族对莱夷人的反目为仇，使两个氏族间的关系大为复杂化了。起因颇为曲折难索，但必定与周氏族内部的强大胞族鱼族有关。鱼族是一个强盛而慷慨的白狄族分支，他们与莱夷族中的孤竹曾有过精诚合作。这就在客观上损害了周氏族的利益，于是先产生氏族内部斗争，接着又是周氏族与整个莱夷族的长期战争。这场战争中鱼族的一部进一步融入莱夷，而另一部则归于他们的血族。孤竹在战争初起时就受到纪的追究和指斥，但并未达到分庭抗礼的地步。当时的西周步步紧逼，莱夷族似乎也没有可能再分化了。他们唯一的出路就是合力抗敌。

莱夷族倚仗强大的国力击退了西周的侵入，领土范围大致恢复了战争初期的规模。这时孤竹与纪的矛盾才重新突出起来，冲突日益加深，于是孤竹一支人马重又沿殷人入侵时北上的路线穿越老铁山海峡了。

他们最北到达了大小兴安岭，甚至是贝加尔湖地区；往东南则到达高句丽半岛——这些地方素有孤竹人的后裔，其时大张双臂欢迎来自故国亲人的悲喜之情可想而知。孤竹此次北上当然不同于殷人入侵时期，大有一去不归、分土而立的意思。但他们仍视黄县海角的莱子国为母国。

也就是这个时期，暂时平静的周氏族与莱夷族的局势重又紧张。本来西周面对强大的莱夷无可奈何，但由于孤竹北迁，莱夷族自身的荒疏，周氏族又开始了新的图谋。战争一开始就非常激烈，周人重新越过泰山和黄河。黄河中下游的土著过去曾受惠于莱夷，为了表示对莱夷的忠诚甚至更换姓氏为"纪"，而这一次却迅速转向了周氏族，并作为先锋进攻莱夷。莱夷军队撤过黄河，又东撤四十里，最危险的时刻甚至撤到了莱洲湾。

纪不得不派出快马北上求援。而差不多与此同时，远在北方的孤竹也得知了海角的危急，正披星戴月马不停蹄赶赴故国。这是至为紧张动人的一个历史过折，可惜史书上绝少记载。孤竹人过于慌促的回返因季节不合，大约有三分之一兵员战马冻死在大雪冰封的迁徙之路……及至春天，孤竹人终于赶到了海角。一场空前酷烈的故国保卫战开始了转机。

莱夷国因此而得以生存。但他们付出了何等惨重的代价。

早在孤竹第二次率众北上时期，居于西北方和西方的狄族、犬戎也开始了东移。他们与周氏族有着血缘关系，同属白狄族。狄族与犬戎族的东侵路线颇为曲折，大致一支来自北方，一支来自西方。虽然入侵的白狄族与早已在黄河中下游定居的姜姓和嬴姓同属一个血族，但如同当年"鱼族"的分化融合一样，其间也经历了兼并、战争、妥协求存等相当繁复的过程。他们最终共同面对的是一个强大的莱夷部族，一个拥有灿烂文化的莱子故国。不难想象狄戎东侵对于正在进行的周氏族与莱夷族这场战争的巨大影响。结果是长期的平衡和对峙被打破，强大的莱夷族不得不割地东移，退居于胶莱河以东地区。这是莱夷人历史上最感屈辱的一段；可是历史的悲惨演变并未止于此。

战争的结局是莱子国领地收缩，版图大变，土地仅剩强盛期的三分之一。而从西部、西北部东下的狄戎族却获得了极大生存空间，不仅获取了中原，而且雄视东部和南部。他们实行了新的分封，划定了更为明确的势力范围，半岛西部地带产生了一个"齐国"。这是周氏族派生出的一个强大的东方之国，日后它将有世人瞩目的作为：它与西部狄戎的另一分支也将有复杂的合作与对抗的历史。这盖出于新的利益关系，其结果又是新的战争，新的分封，新的一轮吞并和灭亡。在此期间，遭受更早、也是更大不幸的，乃是莱子古国。

周氏族在取得了对中原和半岛地区的控制权之后，对以莱夷人为首的众多氏族实行了严厉统治。这在今天看来仍然令人震惊。没人能够设想一个文化落后、至为野蛮的氏族，能对包括像莱夷族这样先进氏族在内的一些部族实行如此有效和有力的统辖。这说明在长期的土地争夺、侵入和氏族兼并的过程中，有一些部族是专于探究的。周氏族以永久统治者的气魄，在很大程度上打破了血缘的局限，而遵从全新的、合乎历史与时代的义理行事。比如同属白狄血统的鱼族，虽然在战争初期就有了分化，归附于周氏族的并未受到文化上的限制；而今也许出于对一种背叛的后怕，即便是归附了的鱼族，周氏族也给予了严厉而冷酷的惩罚，大有扫除鱼族一切影响的企图：凡与鱼族有关的所有铭文、刻记、简册，都一律毁弃；而且还进一步将鱼族迁至遥远的西部。对待其他氏族也采取了类似方式，尤其是对于莱夷族留在黄河中下游的痕迹，全部彻底予以扫除；对于那些散居的异族则统统迁移：或西部，或南疆；而中原和半岛西部则迁入其他居地的繁多胞族和部落。

大约在短短二三百年的时间内，来自西部和西北部的狄戎族完成了至为艰巨的文化与政治的分割兼并、混合统一。如此一来，一些氏族也就很难以血缘的力量重新集结了，从而也就免除了历史上曾经发生的那种"四国结而叛周"的事件。当然许久以后又会滋生新的问题，因为没有了血缘的纽带，也还有物质的、义理的、政治的、地理的……各种各样的纽带。新的纷争可以一度缓和，但不可以永久消弭。这即是人类悲剧的奥秘。为消除这一悲剧之源，需要的时间也许要久远得多，也许远远比狄戎改造和夺取中原花费的时间更多；它所需要的时间，可能抵得上人类有生以来的全部历史。

齐国产生之后，与莱子国的相峙期并不太长。莱子国已尽全力振奋国家，曾经采取了军事、农工等各方面的诸多新策，但终因不合历史大势而归于灭亡。最后的居地失去之后，莱夷人一部分沿孤竹与纪开辟的路径回返北方；一部分被迁移、流散四方。齐人不像周氏族最初对付鱼族那样严厉，但也相当苛刻。莱夷人的最后一部分固守海角者不得不沦为铁盐丝织百工，成为强盛齐国"渔盐之利"的一部分。

莱夷古国毁灭的悲剧，带来了永远不能消除的遗恨，而这遗恨又派生了其他。它造成的历史之回响，将会产生可怕的、多方面的震荡。王室沦落，庶民流失，走上了令人不忍目睹的悲命亡路。余下的、潜隐不彰的、更久远更揪心的，是绚丽逼人的莱夷文化。天下人的技巧、富庶、文字简册，盖无出其右者。但也正像后人多次指出的严酷现实一样：在古代，往往是比较落后的部族取代了比较先进的部族。这种取代一方面造成了新的交流和新的进步；另一方面先进文化的被淹没、不被完整地传承，又不可避免地造成了历史的倒退。这种代价也许才是人类的大哀伤，令人类难以承受。

人类的这种替代、战胜与被战胜的方式，曾让我久久伤怀。我不能理解的是，为什么物质极大丰富、文化极为发达的莱子国，尚敌不过处于野蛮时期的狄戎？当时的莱夷人衣着天下最华丽的锦缎、手持天下最锋利的宝剑，却要败于手持棍棒铜戈的敌军。天下最好的骑兵也属莱子国，人口虽略居弱势，但由于鱼族及黄河中下游诸多夷族的联合，也非致命弱项。莱子故国灭亡的原因到底是什么？

我相信它终有化解之日。不仅是莱子国，还有其他种种历史变数，也似乎可以从此一窥端倪。我将由故国之悲索开去，直至穷穿义理。在此我早已失去了顽皮之心，而代之以满腔的庄严。我无法游戏于历史和人类的至大悲伤之中……

我不得不承认，我的族先一度——不，而是在长达千余年的漫长时光里，陶醉在自己特有的文明之中。他们丰饶的土地，辽阔的疆界，最先进的冶炼织造技术，特别是相当周备完美的文字，都足以使其有自豪的理由。作为一个民族，他们过于强烈地记取了一种优越感；他们既不能从一种特定的感觉中走出，也无法超越这种感觉。这就可以让整整几代人陷于一种盲目，而丧失起码的分析。历史的进步和发展常常借助于感觉，但并不完全依靠和倚仗于感觉；它更为倚重和凭据的倒是分析。分析就要冷静笃定，要有"定量"。我的祖先往往在一种陶醉中首先给自己"定性"：自己最先进最优越，文明程度最高；既有强大的物质，又有卓越的文化；从现实的双边和多边安定上看，也拥有武装一流的军队。"性"已定，"量"的分析也就不屑于去做了。一个傲慢的民族常常是极不喜欢麻烦的。

　　如果嫌分析麻烦，那么更大的麻烦就会接踵而至。

先进科技在军事上的应用对于战胜当然是至关重要的。但它不是唯一的决定因素；它总是受其他因素双重或多重的制约。还有一个可怕的现实，那就是时代的局限。由于处于刚刚挣脱野蛮时代的阶段，莱夷的锋利宝剑、射程更远的弓弩，比起西部狄戎和其他部落的棍棒、铜矛和弓，尚没有更本质的飞跃。这种先进和优越的距离尚不足以起决定作用。另一方面，由于物质的迅速积累，莱夷人的生活已经相当舒适了。在与其他部族的交换方面，铁、盐、织绸这些对于中原和西部南部最具诱惑力的商品，莱夷人是唯一的出产者和制造者，他们可以用较少的劳动量换取其他部族极多的劳动量。这种巨大的反差一方面使莱夷的财富得到更多积累，另一方面又促进和刺激了享用。

大概今天很少有人相信，当时的莱夷人已经如此奢华。上层人物自不待言，仅是城邑之内的平民，即在节日里穿绸衣系玉坠，身携宝剑；饮食讲究，烹调师已得到尊宠；每个村落都有自己的酿酒师、制陶师；莱夷人的音乐即是后来齐国音乐的发祥地；有人甚至估计，从强盛之时的齐都临淄的情形也大致可见莱子故都的繁华。其城邑面积，齐都显然要大得多；但它的城建、街道规划，特别是它的服饰、饮食、音乐、文字，差不多一一承袭莱子国都，并无多大改变。莱夷人当时已有了宴饮伴以舞乐的习惯，当然这只局限于上层。但即便是普通人家，起居也相当讲究。他们可以烧制各种陶器用以建筑；房屋有的已做瓦顶、铺以方砖；墙壁用烧制的灰粉涂得雪白；室内总是垒了火炕，炕上铺了芦苇编成的精美席子和毡；席上摆一做工细致的小方桌，以供宴饮之需。

莱夷人当时的渔盐业至为发达，几乎不亚于丝织、种植和冶炼。黄县东西部的大盐场已是举世闻名。渔民拥有当时最大的船，可以顺风顺水驶往辽东和高句丽半岛西端；除了捕鱼之用，莱夷人还造出了供游玩的车船。船由普通的舢板式更新为三层楼船，由顶楼、中楼和底舱构成，且中楼和顶楼舱间皆由细白苇席和毡毯铺就，舒适非常。至于车辆，独马车和牛车基本在城内绝迹，而代之以更为豪华的四马彩绘大轿车。车上丝绸冠盖，并带有水具和酒具，有暖手炉。

由于农业和盐、铁、丝织业的发达，商业交换在边境和邑内活跃空前。后来的齐国曾以天下贸易之都的美名流传于世，也在很大程度上承接和发展了莱夷商贸的结果。专事交换、脱离劳作的邑民大批产生，有的专事于物质集散，而且成为巨富。整个城邑，甚至大半个国家，都游走着商贾的车子。模仿者层出不穷，昼夜不舍的运货车辆把盐与丝绸、粳米、干鱼、石灰、铁制品、陶……运达泰南广大地区；有的还远达西部高原地区，更不用说长期以来即在莱夷势力范围之内的辽东、更北的黑龙江流域了。这些商品的散布也伴随着文明的散布，极大地诱惑和苏醒了尚处于石器陶器时代的西部、西北部的狄戎，以及其他游牧部族。这使许多部族以神秘钦羡的目光注视东方，亲临宝地之念也油然而生。

齐国是建立在严重削弱莱夷的基础之上的。此时的莱夷颓相已显，虽然自身还仍然处于想象的优越与辉煌。但也毕竟好景不长了。她正忍受着割地之辱，一边舐伤口，一边努力振作。可惜为时已晚。早在周氏族与孤竹交好时期就埋下了灾祸之根。长达几十年的边境交流，周氏族已非当年。他们已有了自己的百工制造，自己的剑和战车。当然直到周莱战争初起时，周氏族自己尚不能炼铁，也织不出光亮滑细的丝绸。但他们总在这种时代的交流之中获得了关键性的进取。于是在战争中期，由于大批狄戎的东进，莱夷渐失优势，军事上一再失利；大约又过了十年时间，齐国灭了莱夷。

显而易见，正处于鼎盛期的莱夷人已被物质所累。丰饶的土地、渔盐之利、先进的文明，这一切都促进了翻涌奔腾的物质之河，它终于一泻千里，淹没了一切。尽管她拥有第一流的军队，但军队在特定的历史时期并非是国土和人民最有力的保卫者。一支在物质之河澎湃水流中沉浮冲刷的军队，将会发现自己是多么无力。

莱夷人曾经有效地管理了自己的国家，在一切方面几乎都做出了当时最完美的、典范式的设计。但当时西部、中原、泰南，还有北部，甚至是黑龙江西北部地区，都发生了沧桑巨变。这看起来离半岛和海角地带相当遥远，几乎是音讯不通；它们一概影响不了莱子国的生活，属于天外之变。不过这些变化会由远而近地渗透，还会直接逼近，化天外为境前。这时候才会察觉周边的围拢如此坚厚无摧。天下之大，奇迹丛生，演化无常，谁也不知道一个角落在几十年时光中会产生出什么奇迹。莱夷人看到的只是境内之变，而无视那广瀚之数。其实世上原本不存在永恒的城堡，也不存在至高至善之物。莱夷人常以自己的铁骑自豪，自诩举世无双。可是忍耐力、英勇、沉着性，在这些方面达到一个极数的民族，天下已不在少数。

莱夷人在变动最巨的年代没有静观思变，吸纳改良；她太满足于自己的往昔与今朝了。令人痛惜万分的是，她没能伸手抓住自己的历史。机会一旦丧失也就再不回返。其实当时周氏族与殷人、内部的鱼族，还有与其他氏族部落的争端及联合，与西部及西北部的联合与斥拒，更有与莱夷本身的一系列交往和摩擦，其中都包含了诸多可以研讨、可以吸取之处。

战争的历史已有千年，变数甚多，当年无敌的莱夷铁骑在今天面临了什么尚是未知。而军事装备上处于落后境地的狄戎却常年征战，经验丰厚，而且蛮勇超人。这一切都藏在莱夷之师的盲角之中。我的族上在相对优厚的物质文明的滋养下，已失去开拓之师的泼辣与生猛，面对蛮勇莽悍的骑射海潮一般涌来，必感恐惧与陌生。敌手之今天，从许多方面看正是莱夷之昨天。

　　这或许不仅是莱夷人衰败的原因，而且是古代一切先进民族被落后民族驱赶和取代的原因。看来任何民族，在物质与文化进一步发达繁荣之后，切不可遗忘了昨天，不可放弃了吸纳，尤其不可放弃体魄与思想的操练。失去了这"操练"，后果可怕至极。一个被物质所累的民族就不会产生有竞争之力的最现代的思想；就会变成一个鼠目寸光的庸常之辈。这种人周身挂满了珠宝，但就是不堪一击。少数上层莱夷人曾经以筹划国策、御敌和富强为己任。但他们已然忘记：社稷之重不可以仅仅托付几人几代；再说一国之流习总会随风气荡动，无孔不入无坚不摧，它不可能对国君大臣王公贵族毫无影响。

我不能说对于自己族先毁城灭国之由全部了解，但起码可以若有所悟。我谨记：一个民族一不可为物质所累，二不可固守虚荣。其他呢？我想除了所能察觉的原因，余者就实难测知了。因为一个民族与一个人是一样的，一切皆有命数。天命若此，即无计可施。我如果如太史阿来一样，做一个顽固不化的复国主义者，即是违背天命。除此而外，人的敬畏血缘也该有个限数，切不可一味痴迷鲁莽。因为历经了八千年之久的演化，莱夷、黄帝、炎帝诸族，已然混血交融。我们已无法更具体地指斥狄戎。我们只能一齐听命于土地，去做土地的奴仆。土地也等于庶民，庶民为土地之草芥，是土地之生化；为土地的奴仆，即为庶民的奴仆。

有如上觉悟，并能以身试法，固然需要勇气。我又何尝有此巨勇？

无法回避的是母亲的目光。这目光让我在安静之时一再记起。母亲的目光慈爱沉重，让人无力迎接。母亲的眼中包含了太多亡国之恨，她嫌亲手注入下一代血液中的尚不够浓烈，仍用这难逝的目光将其倾注。这只使我一遍遍自责与哀伤。我年纪渐大，不得不从母亲的目光中走出，走向自己的远途。

与太史阿来和那班挚友不同的是，我在一遍遍对莱夷历史的追思中，已经淡泊许多又急切许多。我不再一味地咀嚼狄戎之恨，而代之以深长的悔痛。这悔痛属于莱夷的后人，也属于狄戎的后人。我将社稷、民族、血脉、民生、义理……诸种因素混而合一，心绪复杂得无以表述。任何试图完整无误的言说，都会换来更大的误解。这误解之可怕，是因为总有人不惜抓住一切机会来曲解，以达到自己的目的。目的之卑劣常常即决定手段之卑劣。我对其充满了怜悯。

我有时不知自己代表了谁，代表了什么？我又是谁？站在了何方？我不知自己在代表社稷还是民生？忠诚于血缘还是义理？向往于母国故地还是寰宇苍茫？不敢细究。因为这心中的悟想、这伸手即可按住的善之心跳。这潜而未发的勇力、这柔弱可入与猛烈无敌……我仅仅是我，是一粒一籽一尘，是稍纵即逝的一闪一跳一声。我自知只有瞬间的明了，并倚仗这瞬间而顽抗。我将在无言的反驳中坚持自己的怀疑。那些不能予众生以幸福、以希望、以延续、以完美的，无论假借了多少吓人的名义，我都不会跟从了。

我只想把这些告诉自己冥冥中的慈母，只可惜她再无闻。我还想与那个苦难不幸、又是野心勃勃的太史阿来畅谈一次，可惜他已永诀。我想与区兰、卞姜，甚至是那个"女通灵者"逐一深谈，可惜也都不能够了。这些辩论与畅言，这些回告与相诉，大多也无用无益。可我仍需诉说。我自己需要这诉说。

第七章

那个夜晚我费了不少口舌才让长跪不起的米米站了。微弱的灯光里我第一次如此细致切近地端详她。像在六坊中见到的一样，她仍是那么娇媚瘦小柔弱；只是这一夜我离得太近了，又闻到了彼岸野地之气息、那雏菊与铃兰混合的香味。这是她身上散发出来的，是她的体息。我许久没有过这样深长的感动，但毕竟年事已高，一切都不易流露了。我不由自主地叹息一声。

她在这叹息里大睁双眸。我又感到了她鹿一样的鼓额与眼睛，仿佛听到一声询问："先师为何叹息？"……她仍旧穿着以前那件手编墨绿色绠衣，腰上还是那条水红带子。她在刚刚站起的一瞬有些晃，我就扶了她。她的体温与记忆中那个"女通灵者"的体温一样，有些灼人。我赶紧放开了她。后来我不止一次想去抚摸她那披散下来的长发。这头发根根爽直，黄绒绒的，蓄满了神秘的生气。我扼制了自己。尽管我感到这两只欲将抬起的手臂有着父亲般的温和，但同时也具有父亲般的色泽；是的，它已满是皱褶，手背上有了早生的斑点。我一再地管束了这双手。

我请她还是回吧，并许诺：终有一天我会召唤她、请求她的帮助；但现在还不能，现在一切皆能自理……最后一句出口，我觉得喉头那儿烫了一下。

米米坚持这个夜晚留在身边。我发觉她有一种恐

惧。我的疑虑促进了勇气，接着略有严厉地让她离
开了。

米米走开那一刻，我觉得心上有什么东西破碎般
地难忍。这粗暴首先伤及自身。我发现自己滥用了
某种权力——是的，只有获得至高无上权力者才有
类似粗暴。我的虚荣在那一刻真是表现得淋漓尽致。
"米米！"我小声呼唤着，盯着她离开后留下的空虚。

这一夜几乎没睡。无比疲惫、孤单，还有说不清
的焦灼、愤慨、企盼……混合一起的情绪。之后是
更多的沮丧笼罩了我。有好几次我想让人去唤甘子
前来陪伴，但最后还是忍住了。我小声地叹息，呼
唤，发出连自己都感到陌生的琐碎言语。我想让自
己的声音远达彼岸，让另一个人的耳廓捕捉。我生
来经历了多少磨难、绝望，可是极少落入这样的寂
寥，寂寥得简直有些不忍。我知道卞姜不会拒绝米米，
可是眼下有说不清的禁忌在阻碍我走近。

天近黎明时分仍未入睡，而且发出了愈来愈大
的呻吟。这声音惊动了卫士，他们笃笃敲门，我未
理睬；又停了一会儿，我的呻吟使卫士们胆怯了，

他们和医师一起破门而入。我对脸色乌紫、手指甲长长的医师从来反感，这时就粗暴地对待了他。他并未介意，而且比往常更殷勤地施礼和问诊。他说脚气病、胸闷、颈部疾患，这都是引起折磨人的东西，除了不得不施以重剂攻伐之外，恐怕还要请巫师帮助驱邪——一切顽疾都与邪魔有关，医师说前一天还为一个重症患者祛邪，那人现在已满脸喜色、笑声朗朗了。我打断了他的絮叨，并让其尽快离开。

帐内重新恢复静寂时我踱到了窗前。我心里明白，我而今已走到了一个坎前，眼下只有两条路供我抉择：或吞下那两粒致命的丹丸，或有一个全新的开端。这二者抉择都非心愿，只是前一个充满了更大诱惑。

夏天不知不觉地来临，我一连几天都到海边戏水。年轻时我在黄水河湾可一口气游出六里之遥；有一次我甚至不顾他人劝阻，只身一人游向桑岛（渤海湾中一小岛，今属山东龙口市）。这在当时成为奇闻，于是许多人都知道了我的水性。随着年纪的增长，世事压上心头，人在水中就难以浮起了。登瀛后也少有这样的松闲。医师说长时间海水浸泡有利于脚气病的康复，这也为我寻得了一个理由。有几次因为去海边耽搁了政议，引起了不少抱怨。

我仍坚持我行我素。淳于林将军为安全计加派数名卫士，大部分散在周围岸边，只择三五壮汉与我一起下水。他们驱走了城内出来游水的人，无论是土著还是他人，一概赶到了礁石的东岸去了。第一天下水我对纷纷围拢的年轻卫士颇为不安，后来干脆让他们统统上岸。他们上岸后似乎更为紧张。我于是请他们到更远一些的地方吧，只唤来甘子与我一起。甘子水性极好，这一来卫士们才舒了一口气。

其实有一多半时间我们只是躺在热乎乎的沙子上聊天。甘子找来一柄遮阳伞为我撑好，自己倒暴露在阳光下。他仿佛不怕日炙，身上呈黑红色，油光光的，让人想起鲛鱼。他尽情翻腾拍水，总在我周边游动，但距离恰好，并不妨碍我。他一口气潜到水底，有时直滑翔到我的身边才猛然钻出。这一刻顶出的水花、发出的哗啦声，都使我一阵喜悦。那一头浓发被水流均匀地涂在额上，越发像个孩子。我想小林童在这个季节也会去海边戏水的。

我们近在咫尺仰卧沙岸。我知道这是人生中难得的快意和松弛。这是双脚皲裂的苦命奔波者赢来的清福。记得初临瀛洲，当第一眼看到黛色蓬莱时，心中就涌过一个念头：我寻到了此生的清福。其实一切又是一场开始，而每一次开始都接续了一次结束。我实在走过了太久太远，也该歇息了。看着对面的甘子，我不能不为身上松皱的皮肤、大大小小的斑点而羞愧。我在不自觉地往身上涂抹沙子，以遮去这难堪的痕迹。

甘子在我无意间发出的呻吟中颇为感动。他想减轻我的痛苦，为我按摩。一只又小又软，然而却是充满力量的手掌给予我极大的享受。我想象这是小林童在我为按背、松动筋骨。有好几次我流下了泪水，只是甘子毫无察觉。

因为迷恋于戏水而多次耽搁政议，使几位老人愤愤然，影响所至，三院的先生们也都知道了他们的先师正有些怪戾。我发觉整个城邑内的人都为我痛

苦。淳于林将军两次出现在海边，转悠了一会儿复
又离去。我仿佛听到了他的嗟叹。因为我已下达命令：
在我来海滨的时候，任何人不得打扰。我只与甘子
漫无边际地闲谈，偶尔下水玩一会儿，或者让他给
我按摩。

我们在几天时间里，已经不知不觉用问答的方
式回顾了长达四十年的彼岸生活。我一开始就鼓励
他大胆提问，不必忌讳。我首先问了他拉拉杂杂一
干旧事，如小时是否喜欢打架、何时停止尿炕之类。
甘子涌起强烈的思乡之情，好几次哭出了声音，使
我不知所措。但我们渐渐又重新平静下来，笑声朗朗。
我对他多次谈到小林童，发现甘子不知哪里真有点相
似——这极可能是他们的神气。甘子听得出神，像个
孩子一样微张嘴巴，露出闪闪发亮的整齐细密的牙
齿。他嫩嫩的细唇就像蜀葵花的瓣朵；那双黑白分
明的眼睛偶尔一眨，一会儿合拢一会儿分开的双睫，
让人想到夜合欢的叶子。

我疲累时就仰卧遮阳伞下，只让他自己下水。他
不想扔下我，但又忍不住。他往身上扬一点沙子，欢

快非常地蹦跳几下……那细长绵软的身体简直是世上至美之物，阳光下泛着光泽；那脊沟柔和的曲线、翘翘的臀部，都使人迷醉。他跑到水边时从来不忘回头瞥我一眼，然后像飞鱼投水……我这时总是泪眼模糊。

这是再好也没有的天气了，午后太阳把所有浮云都赶到了遥远处，海岸的沙子和海水一起散发出诱人的气味。卫士们照例在远一点的地方游动，只有甘子伏在浅水处，头颅转向这边。他在引我下水，常常发出呼叫。我总在这欢快的叫声中兴奋不已。连日来不仅脚气病和其他疾病大为好转，而且觉得年轻了十岁。我在远处卫士们惊讶的眼神下，尾随甘子在沙滩上蹦跳，又和他一块儿故意半路跌倒。他在水中喊我，我终于下决心随他游一会儿。

海水暖气可人，波浪全无。有小飞鱼在四周跳荡。甘子潜水、仰泳，有时还和我比试游水的速度。我现在虽不是他的对手，但飞快划动的手臂却让自己惊讶。大约在水中游了半个时辰，甘子发现有鱼群从身侧逃过，接着又是跳起的鱼，嗵嗵落水时溅起的水花拍到了我们脸上。正在诧异，我们都看到了水中有一巨大阴影在蠕动。我大声呼喊，伸手去拽甘子。我马上想到了巨鲛。

甘子喊一句："先师！快啊！"猛力推我一下……只是一眨眼的工夫，整个人就沉入水中。我觉得那个阴影呼啸掠去，像一个巨大的浪涌一荡而过。我听到有火花在脑子里噼啪爆响，一时不知置身何处。甘子再未出现，我急急潜入水中……什么也没有，四周死寂。我浮出水面，马上看到胸前十几尺处有一片血水……

我不记得这一生里曾这样痛哭。我坐在沙岸，再无力站起。前方海水在我眼里全是血色。淳于林率几十个弓弩手迅速把一大片水岸围拢，可是一切皆无结果。甘子不回，我只求他们射杀那只巨鲛。天渐渐到了黄昏，弓弩手们还在沙岸游走，淳于林一会儿到我身边，一会儿往远处叱喝。我不知不觉倒在热沙上，后来什么都不知道了。

醒后已在帐中，身边是医师和大大小小的先生。他们大喜过望，嘴里发出惊叹。"先师，这就好了！"

淳于林紧紧抱住我。由于过分紧张，他的嘴唇不停地痉挛。我闭上眼睛，后来听到了拖沓的脚步声。像过去一样，在最困难的时刻，我总愿一人去慢慢对付。

十几天未离帐子。有两次想站到窗前，都没有成功。十天里有过三次晕厥。身上最后一丝鲜活被甘子携走，我自知末日真的不远。对此我已确信，不想再延宕犹豫。我此时极乐于追随那个美丽的孩子而去。我又想到了那几粒致命的丹丸，抖索的手抬起又放下。我把那个奇妙的时间从早晨拖到中午，最后决定是晚上……

我随着黄昏的降临而激动。这一次不再迁就和通融，至深夜，我就要亲手打发自己了。这之前还要做些什么？我一一盘算，头脑出奇地清醒。我知道身体早已破衰不堪，加上这十余天摧折，已经没有任何指望了。没有谁能够历数我自十几岁起经受的颠簸磨难，难以言喻的苦痛只有自嚼。在极度的身心疲惫煎熬之中，我多次怀疑自己能否再看到第二个黎明。身心各处无一完好，能够活到今日真是一个奇迹。天终于要黑了。该结束了。

卫士们在门外焦躁地走动。我突然想到一会儿他们在我挣扎时不小心发出的响动中会破门而入，那时必会呼来医师折腾，让我徒增苦痛。于是我立刻吩咐：今天不必守夜，只可放心回去安睡。卫士说无命令不敢撤回，我说那就散到四周好了，离得太近我难以安眠。卫士们将信将疑退到远处，我马上关门。心跳阵阵剧然，不得不重重按住。天黑得很透，一会儿即将进入午夜。我站起来……因为长期小心谨慎的习惯，我总是在完成一个重大举动之前一再思虑检点，唯恐有所遗漏。这时我突然想起了两个人：米米和淳于林将军。前者曾对我私托了终身，我不能不让人对其多加照抚；后者则关乎一城之重，又是最忠诚的兄弟，我们最后不能不再见一面，并有所委托。我特别想把米米托付给他。想到这里不再犹豫，立即开门让卫士传唤——他们还站在门前，原来刚才退开只是应付。

那个可怕的夜晚至今想起仍非常神秘。它让我明白了上天的旨意。在重大事变的一些关节上，我还是没法违抗天命——卫士跑去，照常理只消片刻淳于林将军就会赶到；可是一会儿卫士却独自返回，说将军有事走不开，还需先师少待片刻。这使我大为惊异。城邑内竟然还有比我的传唤更重要的事情，这是从未预料的。

大约等了一小会儿——这是多么难熬的一段时间。我正在千金难赎的光阴中挨与靠，一生中从未记得有如此急切焦躁的时候。淳于林会永远为这一次拖延而悔恨的。有好几次我觉得再也不能等待，几欲先走一步；可是巨大的好奇心还是阻止了我——我想看一看淳于林将军在这个夜晚到底忙些什么……终于响起了那个熟悉的、有力的脚步声。门扇轻启，进来的果然是我的将军。

"先师！让你久等了！我实在……实在不能马上离开。"他一进门就奔过来，一手抚在我的肩头，一手托住我的后背。这是他的习惯动作，因为多日来他都听从医师的话，不让我久坐，常用这个姿势让我平卧榻上，这一次我把他的手推开，我让他坐下——"坐吧，不必太慌急。我们还有点时间……"

"先师！"他声音低沉，但非常急促。我觉得他今夜比我还要急不可耐。我立刻对这种反常的急躁有点厌恶。但我并未表露出来。他搓手——只有我知道他这个动作表明了最大的焦灼。"先师，我本该马上赶来，可是，可是我真是气愤哪！"

"哦?！"

"我们正在政议，几位老先生口气颇急，我据理力争……"

我怀疑自己的耳朵听错了，大声问一句："你们开始了政议？"

"是的。已经三次了，都是在先师病重昏迷的日子……本来政议必得先师主持，可前几次请先师，先师都说'你们议去'。城内诸事纠缠，刻不容缓，先师有病……"

"我说过'你们议去'？"

"是的，先师忘了。这也是我亲耳听到的。"

我却无论如何记不起。这是我在甘子遇难前后说过的话吗？似乎……我决定不再纠缠，只想知道他们议了什么。

淳于林接着一开始的话头说下去："有人也太峻急，恨不能立刻就把一切做个稳妥。他们以土著近日滋事为由重提东征；还有人要废止秦人、莱人与土著混血，把以前的通行婚配一一改动；更有人说时下财粮使费过大，要将六坊三院中的三院合而为一，理由是三者性质相近，何必分立铺张，空耗财力……我提出一切更动决不可行，他们即搬出先师以前的话来回敬，说先师亦主张'不能有一成不变之义理'。总之我有些动肝火了。"

我不得不承认，那一刻我恼怒了。我不得不用尽全力才遏制住什么，问：

"那你是何意见？你对哪些同意或持异议呢？"

淳于林不假思索："先师刚刚定夺过的，像与土著通婚、暂不东征等事体是绝不能变更的；至于合并三院嘛，如先师同意，我看倒也没什么大不了的……"

我一下站起来。但后来还是坐下："你，接着说吧。"

"也就这些了，先师！我就是如上的意思。"

我们面面相对，长时间无声。这样耽搁了一会儿，淳于林说：“今夜看先师的身体比昨日好多了！这真是一个天大的喜讯啊，城内人一连多日都在打探先师病情，六坊三院都有人为先师泣哭，他们都想前来探望，皆被我阻止。先师康复即是城邑福分！先师……”他说着眼里闪出了泪花。

我在屋内踱步，自语道：“是的，我的病的确较昨日好多了——是的，好多了。”

淳于林突然记起什么，急问：“先师，您唤我来有事吗？”

我转身，尽量使语气平缓清晰：“你告诉他们，从今以后，我要参加政议了……”

经历了那个惊心动魄之夜，我十几天里第一次变得平静。我决定抛弃那几粒可怕的丹丸，杜绝它的蛊惑。我明白：像我这样一个人，已经失去了自裁的权力。短短十几天我就弄懂了许久以来模糊不清的一个问题：这里究竟在多大程度上需要我。仿佛城邑内的这一拨人还没有下船，还在激流之中挣扎、在雾霭和风暴中乞求。记得船队穿过老铁山海峡时，汹涌波流打毁两船。其余船只一片恐惶。那是何等险绝！原来一直传言的大群巨鲛也于风平浪息的第二天出现，蜂拥而至，绕船三匝，最后向海峡对面游去。船上人未费一镞，可谓有惊无险。那两只折翻的楼船尽是秦国兵吏，可见也是天意。虽经全力搭救，但因风大浪疾，大部仍被卷去……我自知船队离梦想之岸尚远，仍需诚惶诚恐，未敢懈怠。

好不容易从甘子遇难的厄境中走出。我出营第一件事就是赶赴政议，心里早做好了激烈争吵的准备。很可惜，那些热衷于推翻旧议者并非预想那么执拗，而大抵妥协在先。他们呼叫"先师"的声音与往日并无不同，施礼时似乎腰弯得更低了。我详细询问各项事宜，特别对城防、区域勘测和筑城三项给予特别注意。禀报者的罗列令我极为满意，同时也得知，所谓东部土著部落的滋扰远非传言那么严重，只不过有两三个原来分立的部落正在融合——有人敏感地将其视为即将开始的西犯图谋；而我却宁可认为是土著部落对城邑的恐惧。至于少批来犯者，也与较大部落无干。于是我更加肯定自己往日决断，再一次否定东征。

康复后第一次政议中我就洋洋洒洒宣讲了一个时辰的莱夷历史。这其中不可避免要插述若干其他部族的演化繁衍、国家兴衰之概要。这样做的目的是为了回应那些对自由婚配、与土著人融血感到痛心疾首者。简单之回述与追溯即可看到，所谓的血统纯净论是多么虚弱无力、不堪一击。史实或可佐证的倒是，凡宽宥大度、晓理顺时的民族，那些与其他部族结合而获得壮大新生者，才有焕然一新之势。我们绝无必要将迁徙此岸的秦人和莱夷人、其他六国人皆局限于狭地，这等于自我囚禁；而以此求得完美纯洁仅是一种梦想。

结束宣讲时我提出两个议项：一、派出使者东行，联络最大土著部落，说明城邑主张，并邀请尊贵酋长来邑议事；二、从长远计，为繁荣延续彼岸诸学，昌明义理，立即着手扩充三院，并加强学坊，从三千童男童女中择取优异者充入三院。

我的提议立即得到了几个人的赞同，但约有一半人沉默。淳于林对第一项颇为积极，对第二项则未置可否。其实我并非急于实施，只是倡议在先，容人三思；若日久不能达成一致，则按惯例提交大言院——其辩论结果当然会是一片拥赞。我对第一条被采纳早有所料，重点则是第二条。它是我固执的内心所萌生。围绕淳于林在那个夜晚的复述，我震惊之余陷入深思。我对于一些人如此急不可待地合并三院感到迷惘。这与前几年有人去大言院旁听之后惊呼"如何得了"如出一辙。但邑内尚无一人对六坊提出异议。因为六坊所施皆为实务，盐铁经济缺一不可。骑马民族自立足海角之日起就倚仗的东西，今日仍被牢牢记取。可是莱夷海角繁衍至今，几千年漫长之日遗失之物却没人深究。

只有人为齐的灭亡而庆幸，没有人将其灭亡的因由想得更多。谁如果将齐灭亡的责任多少也归于莱夷，则必定引得莱夷人大为恼火。其实这种认识才稍稍与真实契合，并非虚妄到不着边际。因为齐灭莱夷之后，即承接了她的巨大遗产，特别是渔盐之利。繁荣之科技与丰饶之物利使齐国很快强盛；加上诸子之学盛行，生气勃勃的齐建起了稷下学宫，即成为第一强国，临淄作为天下第一名城而当之无愧。其时的临淄民富而敦，莱夷人讲究排场之风即被延续，最精巧的物器与最时髦的娱乐都涌入都城，名商巨贾皆出自齐。伴随其甚嚣尘上的，是日益扩大的稷下学宫。每日里名士往来，宾客盈门，论辩通宵达旦。稷下学自齐闵王末期开始走上了盛极而衰之路，因为早已为物质所累的莱夷，其物质主义对齐国的腐蚀又一次达到了一个极数：齐国人在经历了几百年稷下学的巨大精神奇迹之后，后来对于"思想"实在是疲惫了。

对思想的疲惫即必然导致对物质的狂热；接下去的结果则可想而知。

我深知自己的使命到底是什么。它也许一时难以尽述，也许因烦琐茫然不得要领；但一个人追思不绝的时刻、度过了难忍的悲伤、挨过了死亡的诱惑之后，沉静下来，也就不得不进一步认定：我的使命就是永远不允许他们表现出对于思想的疲惫，无论是何时、何地。

为贯彻这一念想，坚守如此使命，我将不惜一切代价。

　　甘子遇难的沙岸上垒了一个坟堆。其实仅埋了他那一天脱下的衣衫。他没有留下至为完美的躯体。我时常踟蹰沙岸，无论是深夜、清晨或其他时候，只要是悲酸难忍之时，就不由自主地走到这里。在坟前滞留片刻，很快就仰望万里碧波。因为他消融其间。那个阴影只是一闪，一切即结束。我晚年唯一的欢乐和依托，就这样消逝得无影无踪。因为他的失去，我的存活已非常之牵强；我究竟需多少勇气和毅力活下，只有自知。深夜，多次迷蒙中在他那张卧榻上抚摸，直到最后一刻醒悟。不止一次有人劝我搬开这空空卧榻，都为我拒绝。我大概今生都要面对原封不动的同一张卧榻了。

　　我在沙岸踟蹰，两眼湿润。淳于林将军从远处走来，在旁稍稍迟疑片刻，转到对面。"先师，您大概忘记了吧，再有十天，就是您的五十寿辰了……城内人准备为您好好张罗一番。这是大事啊！六坊三院这两天都在谈论先师，他们都说该做了……"

　　我忘掉了这个可怕的日子：五十寿辰！心中马上鸣响起喃喃之声："五十了，五十岁了……"好不容易才听清淳于林接下去说了什么，就问："'该做'什么？"

　　"该做……该完婚了！"

　　我一言不发。

　　"先师太苦了！先师，这可不是你一己之事啊，你永生永世都是此岸之人了，为此岸计，也不该再固执下去了！"

　　将军眼中闪烁着泪花。我的手沉落在他肩头，像耳语一样问了句："近日见到米米了吗？"他点点头，同样耳语一般："她前不久为你的疾病日夜泣哭；后来又为你的康复欢声大笑。她差不多天天都为你祷告呢。她只说先师答应了：在最需要她的日子里会召唤的……"

　　我看着淳于林："什么时候才最需要她呢？我也不知道了……"

　　将军字字确定地说道："就是您五十寿辰的那一天！先师，让她一起走进这个日子吧，这是至为吉利的！"

…………

剩下的事情就是全力以赴迎接那个"至为吉利"的日子，我也认为这是一生中较为重大的事件，而在整个余生中，恐怕再也没有任何事情会比它更重要了。我暗中叮嘱淳于林：关于五十岁庆贺的一沓子烦琐尽可简化，因为我已是五十岁的老人，没有那么多精力。淳于林这一次心领神会，大概知道我只想聚精会神地完成这次婚姻——要知道这对于一个五十岁的老人而言，已经是勉为其难了。

随着那一天的到来，我发现自己越发紧张和怯懦，甚至羞于见人，不愿出门，政议之类事务只得全部停止；就连按时接受的禀报也一度终止。我甚至从卫士的目光中看出了什么。这期间我接待最多的一个人就是淳于林，我好像比往日更能无所顾忌地与之交谈，事无巨细都一一商定。结婚之事不仅对于当事人，即便对于操办者也是相当烦琐的。我主张此次婚姻尽可能做得不事声张，越隐蔽越好——淳于林说已不可能，因为城内所有人早就翘首以待了，他们准备到时候好好热闹一番。我的心怦怦乱跳，连说不可。这使将军颇为作难。最后他终于想出一个万全之策，就是将庆贺之类与婚姻分成不太相关的两沓子——也就是说在他们喧哗之时，我将与自己的新娘躲到一个不引人注目的地方。

最后淳于林提到了米米近况：她闻听先师的决定已感动得不能支持，在长达三四天的时间里不思饮食，整个人都消瘦了。这真难为了一个本来就如此娇弱纤细的人。他又说米米几次提出要见一下新郎，我立刻摆手："万万不能——我不能在婚前再见她了。因为既然时间已不太长，那就一切留待婚后商量吧——那时我们的时间将非常充裕。"

淳于林一离开我就重新陷入莫名的紧张。这对于我是不可忍受的窘况。我在屋内踱步都蹑手蹑脚；我极力想振作一下，结果发现非常之难。

在离那个日子仅有一天的时候，淳于林总算为我在城邑最僻静处找了一间新房。那是一个透风漏气的茅屋，不仅是屋顶，就连墙壁也由植物秸秆搭成，上面的泥巴斑驳脱落。淳于林领人将内壁用布遮了，又准备了灯盏之类。卫士问为什么要这间破屋。他回答有一个年迈的方士要在这里研习一下过时道场。

第二天黄昏逼近。我开始手足滚烫，额部和颈部发热难忍，最后甚至怀疑这次完婚无法如期举行——不是待在新娘身边而是被医师围拢；但等太阳完全落下之后，四肢又有点发冷。手冰凉冰凉，牙齿也发出磕打声。但我明白：身体的危机总算过去了，我可以到那座小茅屋中去了。我穿了一件斗篷；出门前想了想，又携了一把短剑。淳于林在屋外等我，卫士依旧在四周徘徊。远远近近都有人点起蜡烛灯笼，有人还唱起彼岸喜庆的歌子。我在屋外伫立片刻，望着灯光闪闪、歌声四起之地，忍不住流下了泪水。

淳于林把我送至茅屋前就退去了。卫士们这一次被严格限定在百尺之外，也不知道卫护的人是谁。自从将军退走的那一刻起，我马上又陷入了紧张。有长达一刻的时间我在门前犹豫：进还是不进？我觉得手足渗出了冰凉的汗粒。

屋内透出微微的灯光，我依稀听见她小心的咳嗽声。笃笃敲门，门马上打开。米米穿了盛装，这使她看上去比往日胖了些。她费力拂一下衣服下摆，跪在地上："我的先师！"我把她搀起，喉咙热得说不出一个字。我的手搭在她的肩上，她则靠在胸前。那股熟悉的气息浓浓淹来，整个人都要窒息。我张大嘴巴，仍然说不出一个字。她喃喃不休，我则一个字也听不到了。我的双耳也被那股浓厚黏稠的气息所堵塞，尽管用力推开、疏通，也仍旧无济于事。

时光一点点逝过，到了深夜。她不知何时褪去盛装，像一只乳燕一样蜷在我的怀中；在全无知觉之中，她吻着我的面颊。我很快得知她是一个温厚而顽皮的孩子，双臂环在我的颈上。我的手被无形地牵引，抚过了她的全身。但我一直闭着眼睛，这样感知得更为详尽。我自信没有误解和遗漏每一个毛孔。我总是叮嘱自己，我在拥抱故地的一个孩子。我发觉她每一根骨骼都长得精巧圆润，结实而丰满的肌肤又将其一丝不苟地包裹。她周身上下像桃子一样，长满了细密的绒毛。

整整一个夜晚她都在喃喃叙说，但我一个字也没有听清，同时也没有回应一个字。我们都没有合眼，也没有分开。但只是簇拥。这一夜我未曾感到一丝的脚痒及其他不适。约莫是下半夜，不，肯定是黎明了，她想为我脱去衣衫，我阻止了她。后来窗户真的透出一点曙色，我看了看，在她的照抚下睡去。

整整一夜、一个白天，我都没有离开卧榻，但也没有说一句话。我在全部时间里都处于弱小无依的状态，只觉得她那般强大，简直是足可依恋的成熟。我觉得自己的余生真的有了依靠。半晌左右我醒来了，她先小心地为我擦去了眼屎、不觉间流出的涎水，又用温温的毛巾为我擦了脸和手。那一刻我真的觉得自己是一个婴孩。但我发觉自己更无力说出一个清晰的字了，喉头不仅烫痛，而且完全堵塞。

这样又到了黑夜。我毅然熄灭了灯火——因为她在为我脱去衣衫。我在内心里祈祷，忍受，感知了赤身裸体挨近她的那种奇异。她悉心照料，就像一觉醒来时我做过的那样。她不停地照料我，不辞辛苦，不畏艰难。我后来剧烈喘息，但仍未发一言。她不厌其烦地照料我，真的像对待一个婴孩。后来，许久之后，当安定下来之后，她认真地、无比温柔地吻着我的额头，叹息了一声："我的孩子！……"

这一回我听到了她的声音——新娘的声音。这会儿我才如梦初醒，总算度过了新婚之夜！羞涩的潮水开始微微退去——它将在今后的几天内完全退去……我知道，我刚刚经历了人世间最羞涩的一次完婚。

第三个白天，不知何时醒来。我是被一阵杯盘碰撞声惊醒的，抬头一看，见到她正为我准备早餐；我看到的是她仅仅穿了一件内衣的纤纤背影。一阵怜惜从心头涌过，我不得不再次闭上眼睛。"我作践了青春！……"

第八章

派出的使者归来后，携回东部最大部落的友好讯息。酋长赠送一些美丽羽毛、两块难以辨认的花斑兽皮。我让使者带去一对玉璧和两只金匙。使者复述：那个胡须茂长、身材矮小的酋长看了礼品，像捏住一个活物般，小心地移至榻上。

这次出使是登岸以来至为重要的举动，从此可以略略避免那些可怕对峙，起码能让城邑有一段休养生息。这也为勘测绘图者带来极大便利，以前每次出去必得带大批护卫，而且不能远行。从长远计，勘测之事比什么都重要；我不能容忍自己居于一片蛮野，对周边境况一无所知。那样居者本身也将很快沦为蛮人。

我的倡议正一一得到施行，而且比预料的顺利。因从学坊中挑选十位年轻人进入三院，所以邑内上下均十分重视学坊；负责修筑的百工长提出为学坊加建十间厅堂，立即在政议中得到确认。以前那些坚持反对与土著混血的先生而今再无烦言。新一轮筑城正在展开，城邑扩至三年前的两倍，又着手准备建第二城邑，因为不久将有新一代生出，而且土著来城日增。

每一年粳米丰收季节我都亲率众先生出城，一为共享喜悦，二为协助稻农。这是一年中最为欢乐劳碌之日，举城吉庆，也吸引了大批土著。土著耕作习俗已变，与城内人同播同获；食稻穿织成为一大时鲜。不断有人在指点中向我凑近，想一窥"大王"模样。我让人宣示：此地没有什么"大王"。他们以为我即相当于"酋长"一类人物，有人又告诉："也不是。"这令土著甚为困惑。淳于林将军和几个卫士一直陪伴左右，以防不测。其实自登瀛以来，除几次土著袭扰之外，几乎未遇危急。

此记忆中难得之秋日，我觉得身体真的有些康复，无论是脚气病和胸疼、颈部疾患，都得到了大大缓解。身边人都说我气色较前大好，颊有红润，走路不再呼呼喘息。他人观测与自我感觉略略相符，因为我不再恐惧于那一个又一个漫漫长夜。那些失眠或充斥噩梦之夜好像是许久以前的事了。这当然要感谢米米。她无微不至的关照让我获得了幸福，她几乎可以在我身上创造无所不能的奇迹。我在她身边的时间大约只有晚上，于是常常不舍得睡去。她为我讲述无尽的莱夷往事，或多趣或伤感，令人神往。她思念父母与兄妹，讲叙中泪水潺潺。她靠在我的胸前睡去。我觉得她的呼吸至美，喘息之声伴着胸腹起伏，让人想象那些可人的动物。我握住她软如猫蹄的手掌，看那在脸部打一个漫弯的精巧鼻梁，觉得一起返回了四十年前的莱夷河畔。

一个煦日融融的下午，米米一溜风跑进房间，笑声朗朗报告一大喜讯：城内出生了第一个婴孩，一个男孩。我听后放下一切事务随她出门。她告诉我，孩子在两天前出生，她是刚刚听说；孩子的母亲就是叫"水胖"的女子……我们一起看那个新生小儿，半路记起未带贺礼，于是差米米返回一趟，取来一块腊肉、一方丝巾。

尚未进入院落就听到了美丽的啼哭。米米在这声音中渗出了泪花。院内正有几人贺喜，他们大多是水胖和炼铁匠师一起的人，此刻一齐慌慌跪下……我让他们立起，然后又进内室。令我吃惊的是水胖原是这般漂亮的一个女子！她虽然刚刚产后，头上包了一块布巾，可那圆润的脸庞上一对漆目细眉都给人难忘之印象。她要伏跪，米米将她拦住。匠师从外边匆匆赶来，未及阻拦就跪在地上。他说："先师，我们今世也不忘您的恩德！"

从水胖处出来我仍不解，问米米："我对他们有什么'恩德'？"米米低下头："所有人都蒙受了先师的恩德……"我越发惘然。

一路上不断看到卫士在四周巡视，有好几次他们阻止了行人通过，待我与米米走过才放行。类似情景以前也有，总被我阻止；看来他们并不听从。米米也几次引我走向另一巷子，这使我发觉城邑大得足以使人迷路了。几年前我常常一人在黄昏或夜间出门，那时觉得何等空旷凄凉。

也就在这个秋天的最后一次政议中，发生了一件令我大为震惊的事情。由三位老先生发起，尔后得到一致拥赞的议项称：事已至此，"先师"该是改做"陛下"的时候了！一股愤怒的血流当即冲上额头，我站起又坐下，最后发现自己突然间丧失全部力气。我此时一定是脸色苍白，大口喘息着表示了一以贯之的执拗："不可。你们不可……"

一句出口后是片刻的冷场。淳于林将军颇不冷静地站起："先师！你太固执了，你只由自己性情，耽搁的却是众人的前程——所有事项皆可依你，唯这次还望先师再思！"我从他的口气中马上听出了陌生而严厉的东西。我镇定一下，回应一句："那你们大可不必如此，从今起去为自己寻一位'陛下'吧……"

说完我转身步出厅堂。身后死一样沉寂。

我也不知怎么走回，像踩在软软的絮上，心中好长时间近乎空白。米米和卫士一块儿把我扶进室内，饮下一口姜水。在辣辣的气味还没有消失的那一会儿，我终于记起了政议中的全部场景，特别是淳于林将军那冷肃的面容。我闭上双眼，对米米的询问不予回答。这样一直到了黄昏，我毫无食欲。深夜，米米在我怀中小声抽泣许久，我只是一下下抚摸她的长发。这样过了一会儿，她突然跪了。

米米跪坐一旁，眼神与鹿毕肖无二。我让她躺下，她拒绝："先师！到底怎么了先师？"这一夜只在临近黎明时才睡了一小会儿，而且还做了一个怪异的梦。梦中那个老游戏对手又出现了，就是秦王嬴政。他在梦中与我会面，奇怪的是绝无原来那般猛厉，倒是笑嘻嘻的。他仍穿黑色衮袍，浑身上下水淋淋的；

他说早在我离开那一年就去世了，这一次是跨越冥界、远涉重洋来看望老友；他在吐出"老友"二字时，面部颇不自然地抽动两下。接着他说："怎么样？如今你也是王了嘛……"

醒来后我把梦境告诉米米，她合不拢嘴巴。我又一次看到了那精巧细密的牙齿。

这一天我没有离开卧榻。因为夜间的失眠致使浑身无力，左胸一阵沉闷；还有颈部，简直像针扎一样刺疼。除了脚气病还在阴险潜伏，其余宿疾一齐攻讦。米米在一旁宽慰，后来还是有些紧张，不止一次商量去请医师，皆为我拒绝。这样坚持两个时辰，一阵刺疼使我失去了知觉。

醒来首先看到泪水糊脸的米米，接着又看到围在旁边的淳于林将军、几位先生和那个指甲长长的医师。医师在淳于林耳边咕哝几句，淳于林好像不屑于听，只专注地看我。我闭上眼睛挥了挥手。米米说："先师想自己静一会儿……"

室内极为安静。我睁开了眼，看到淳于林并未离去。我马上有些恼怒。米米呵气似的说："最放心不下的就是将军了，他昨夜亲自为先师守卫，一夜未眠……"我闭上了眼睛。从那次政议之后我即在心里告诫：你身边只剩下了一位将军，死去了一个兄弟！

我肃穆威武的将军啊，莱夷人的利剑！你挽救了多少危难，而这一次是刺中了我的左胸——所以它才如此刺疼。我似乎明白了，这座城邑已形成某种难移的怪力，它无影无形，又至为强蛮。每个人都将无从躲避。淳于林只不过是一个被征服者，他在梦幻中即走上了跟随之路。莱夷的利剑啊，昔日的兄弟！

我听到脚步移动之声，知道将军即要离开，就咕哝一句："总算离开了……"谁知道马上传来低沉温和的一声："先师，我永远不会离开您的，永远不会。"一只大手握住了我的左臂，轻轻抚动。这是淳于林的手。多少年来这只手与我一起做了不少事情。我听任它的抚摸，一动不动。我料定他还会说什么——是的，那是突然变得沙哑的嗓子："先师！是我错了，我们太性急——都想不过是早晚的事，拖延日久又怕生出别的枝节。大家以为这也像您的婚姻，开始总要推脱的……"

我忍不住笑起来，但笑不出声音。

"先师！您惩罚我那一天的无礼吧！"

我仍闭着眼睛。我想说：是我无礼。但我已无力与之讨论，直到他无奈地离去仍未吭一声。后来我睁开眼睛，米米马上激动地喊了一声，把脸伏在我的左掌中。我抚摸她的脖颈、后脑，那一缩一缩的肩头。我小声说："他们想让你做'皇后'呢……"

米米无暇思索应一声："我只要先师高兴。先师只要快活起来，我就快活起来了。我是你的，你也是你的……"

最后一句有点蹊跷。"你是你的"——难道这还要怀疑吗？"多么傻的孩子！"我长叹一声。

渴望已久的东部酋长的访问终于得以实现：本月十五日月满之夜他将在一干人马的簇拥下启程，至第二天月夜到达。这个时间的选择真是完美无缺，它让人得以窥见土著人精细而浪漫的情怀。他们原来远非城里人想象那么粗蛮。这个消息让我无暇生病了。我仿佛突然抛却了全部不快，随淳于林将军和三个卫士一起出门，商量接待酋长的具体事宜。因为来自瀛洲最大部落的友谊非同小可，这对于整个城邑的历史将是重要一页。就此也正式结束关于东征的内部争执，最好地佐证了我非同一般之远大眼光。对此我颇感欣慰和得意。

酋长的使者先行到达，传递部落意向。其中稍稍令人尴尬的是酋长提出要在拜会"大王"时亲献厚礼。禀报者说到"大王"二字时面有难色，我则不语。禀报者又说："我等对使者回复：此地并无称呼'大王'之风俗，如今只是称之为'先师'。他怕届时称谓有错，特意让我等再三重复念出……"我几次想打断禀报者，但还是作罢。看来要解释"先师"与"大王"之别已非易事。我只能咽下一腔苦笑。禀报者又喋喋不休说了若干，我都未置可否。尔后他终于要离去。待他走到门边的幔帐那儿，我突然大声说了一句："我平生最讨厌的就是'大王'了！"禀报者惊惧中立刻转身。我此时的额头一定是青筋暴起，因为对方惊愕万分。我对他摆摆手："去吧，没你的事了。"

我终于在满月之夜见到了可爱的酋长。他比传说

中的还要矮小，但胡须发达，双目尖亮，举手投足间
透出过人的灵捷。那一对高颧骨和深深的凹眼使人
想起什么。他称我"先师头领"，我则顺从恭敬地接
受了。酋长身边除了一些打扮与他大同小异的男子，
还有几个女子。无论男女都穿皮衣饰羽毛，身上有海
贝和石块做成的饰物，脸上则有彩色涂描。这一千人
最为突出的部分就是那对尖亮逼人的目光。只是看
得久了，这目光才会泛出热烈光彩。我为他们安排
了最好的饮食起居，高大漂亮的馆舍令其大呼小叫。
淳于林和众先生与我一起陪伴酋长，细细观看六坊
作业，又去三院。酋长对六坊极感兴趣，看了三院
则大为茫然。他伸手抚摸一卷卷经册，转身去看同
行的部落中人，脸上仿佛是马上要泣哭一场的表情。
步出经卷院时他突然提出要一卷经册带走——这使
我大为惊讶。原来他把经卷当成了玩赏之物，准备
带回去来回展放，倾听"唰啦"之声。

　　酋长一行在城邑盘桓三日，甚为畅美，第四日
月亮升起时即要回返。他面向远处的蓬莱喃喃不停，
一时全体肃立；待他转身时，所有人都看到了他眼中

饱含泪水。接着他向传话者咕哝几句，然后直眼看我。传话者告诉：他的部落要与这个城邑永世修好，酋长将每年来此一次……如果"先师头领"能够容许他重返这条满月铺就的路径，那就娶下他的妹妹"乌阿"。我听到最后一句有些发怔，幸亏有人把它重复一遍。我看到月光下走出一个矮女人，由于头上挂满饰物，已难以辨清眉眼——她正款款走出，在酋长身边安立。酋长对她咕哝几句，又对传话者说了什么。接着我听到如下的话："为了能重返这条月光铺就的路径，请尊贵的'先师头领'决断——如不嫌弃，就扯起他部落的至宝、年方十九的'乌阿'……"

那一刻所有的目光都落到了我的身上。我不由得去看那个"乌阿"。她正垂首站立，像一只夜鸟倚在兄长身边。我没有再想，一直向她走去。我看到酋长轻轻拍打她之肩部。她同时抬头，张开嘴巴咬了酋长的手指，转身向我走来。我们的手拉在一起。

酋长踏着月光之路走去，留下了"乌阿"。当夜她被人领至馆舍，只待一个吉庆之日完婚。那天夜里米米是目击者，她似乎像我一样无声地承受。第三夜，我与米米一起，在辉煌的烛光下第一次如此清楚地看了我的又一位新娘。原来她也有深陷的眼睛、高高的颧骨，那皮肤真的像红薯；她的眼睛圆得像鸽子卵，睫毛密长。她身上散发出茼麻的野生香气。我和米米都承认"乌阿"是可爱的——"妹妹就像一只小鹌鹑！"米米临离去时说。

婚礼隆重地准备，届时还要有东方部落的几位老人参加。要不是因为又一场突然袭来的疾病，我在当月就要度过佳期了。那天米米正在为我缝制一件新的丝绸衣裳，拉手试衣时，我突觉一阵头晕，接着胸疼泛开，豆大汗粒涌上额头。我在米米的呼叫声中卧下，一会儿一拨人围住。我的嘴里又塞满了医师的丹丸。这一次我吞咽得可真费力。

这次可怕的疾病缓解之后，所有人都夸奖我的气色。他们误以为疾病也会被众口一词的声势给吓退。我知道剩下的时间不多，有许多事情已不容迟疑。胸疼刚刚过去，我又忍着脚气病发作的折磨，尽可能神态自若地参加了那一场必将载入史册的盛大婚礼。

东方部落的酋长派来了五位年长功勋人物，同时又馈赠了大批羽毛和兽皮、海贝、干肉之类。我满怀谢忱收受了这批厚礼，不知如此之多的羽毛该派什么用场。

在令人伤心泣下的新婚之夜，"乌阿"与我语言不通，疼怜有余，彼此只用浅吻和无伤大雅的抚摸应答。深夜，我疲劳的躯体已非两年以前，只得安卧榻上歇息，连陪伴新娘坐一会儿的力气都没了。"乌阿"却替我脱去衣衫，又大胆地为我褪去内裤，接着发出了让人不再遗忘的"哦哟"声。她像突然之间发现自己寻了一个多么衰老的异族新郎，充斥心身的巨大惊骇无法隐藏。她无比怜惜地抚摸了我的周身，洒下了同情的泪水。

这个新婚之夜由于过分地疲劳——这疲劳随时都可以熄灭我微弱的生命之火——连脚气病的骚扰都未能阻止我的昏睡。天不知何时大亮，"乌阿"坐在榻上看我，待我一醒立即为我穿衣，又服侍我洗漱。一切做过之后即按原定计划出门，因为米米正站在门口，要领我回去早餐。我像个依靠两个看护人的大孩子一样，哼哼呀呀地在她们之间来去，由她们穿衣、喂饭和抹嘴巴……

待我神气略好一些时，我也像往常一样走上街头。可是因为城区扩建、车辆行人增多，更因为我的衰老，我不得不听从米米和几个卫士的照料。通常我去看六坊三院，再转到那个暮年得而复失的儿子——甘子墓前。我的泪水已在此洒完。在这里我想过了爱妻卞姜、区兰，我更小的儿子小林童；我甚至还想过了那个老友太史阿来和"女通灵者"。我相信，如果尚有余力的话，我会直接走到蓬莱山北的墓地上痛哭一场……如果时间还早，我就踱回三院，去抚摸热乎乎的经卷，去大言院。

大言院的辩论一如往日；或由于增添了年轻辩士，其声势较往昔更大。只不过凭我直感，声势固大，义理却并未因此而更加透晰精辟。我坐下倾听一会儿，既不打扰，也不被打扰。但有一天似乎是个例外：辨认中涉及到"开国"与"称王"之义。我不由得屏息静气起来，米米几次催我离开都被阻止。一个老先生引据"名实"之论："'名'不存何以有'实'焉？

然'名实'之'名'与'实名'之'名'又有何异？是无'名'之'实'与无'实'之'名'矣！"另一先生也大说一通，引起激烈争辩。我不得不承认自己老了，思维迟钝，已经难得明了如此深奥的义理。头脑阵阵发涨，我也只好离开了。

我在路上喃喃说："他们在辩论，可见……"米米搀着我，为我擦去莫名的泪花，说："先师，您得体谅大家了。时至今日，除了找一个皇帝，他们实在也想不出什么更好的办法了。"好像只是不经意的一句，却让我一怔。我再不移步，定定地看她。她叫着："先师！我不该乱说；我再也不说了……"她慌得连连后退，竟顾不得搀我。

我却再未忘记这一句话。

想起大言院中的"名实"之争，似乎于混沌中晓悟了什么……无论是谁，眼下都"想不出更好的办法"。留给我的时间不多了，他们在我之后很快会寻到那个人的。我这些天一直回忆着甘子遇难前后那些可怕的经历。那时我一息尚存，他们却可以径自开政议、破陈规，险些将城邑引入歧途。也许我今天真的手无缚鸡之力了，真到了寻求和借助王冠之威的时刻了。仰望到处飘荡的阴阳旗，实在对其感到了厌恶——悬起它的那一天我就打定主意：总有一天要亲手把它抛到海里。这一天终于来到了。

一连三天躺在卧榻上，全身燥热，不停地饮水。除了脚气病在加倍折磨之外，其余尚能忍受。米米误以为我又到了危急时刻，几次去呼医师都被阻止。经过连续四天时眠时醒的折腾之后，全身轻松，如同一块顽石从背上刚刚滑落。第五天上，我让卫士去传淳于林将军。

整个城邑充斥着喜庆的喧哗，这隆重非常的节日才有的特异气息掺在空中，使人无可逃避。我不得不让米米严闭屋门，并垂下所有幔帐。可是那种气味仍要无所不在地涌入。米米也在兴奋之中，但她因为我的不快也只得压抑。满城都传出"先师"即将称"王"，开国典礼正在紧张准备中。听说六坊三院极为激切，消息得到确认的当天彻夜不眠，各大门前边都扎起了彩带，悬起了特大灯笼。淳于林将军及十余位先生一起筹备大典。他们开始每日禀报，我让他们尽情弄去，一切决断事项皆不必禀报。我只与米米静处，大半时间卧于榻上。我想整个庆典该多么烦琐，且这班人中又无亲历类似场景人物，也真难为了他们。这必定是一次艰辛漫长的劳碌，但愿我不要在这期间不合时宜地死去。

米米偶尔将"乌阿"接来，三人同处在一起。"乌阿"每有一点时间就抚摸我的身体，总无法不为我的衰老感到惋惜和惊讶。她的小手抚摸我，大概想用青春的小熨斗抹平我苍老的皱褶。我对她和米米感谢的方式也只是在一天内三两次吻过她们的额头。

可是后来我连这种可怜巴巴的礼物也不能奉送了，因为颈部又痛疼起来，而且伴剧烈咳嗽。为不让外人打扰我们仅存的一点宁静，就用颤抖之手写下药方，让米米为我熬制止咳药水。一连服了几日煎药剧咳才勉强止住。但这场折腾已使我愈加精疲力竭，好长时间目色恍惚。接下去的几天，我几次把即将开始的盛典当成了正在准备的又一次婚礼，糊糊涂涂流下泪水，哀求米米和"乌阿"："我已经有过四次婚姻了，再也不要参加这样的仪式了，你们去告诉他们：饶了我吧！"

她们对我反复安慰。她们的温柔让我在来生也报答不完。我知道远离故土的女子除了用尽柔情，几乎没有任何办法来排遣自己的思乡之情和无依无靠的空寂感。她们一遍又一遍地托起我无力而刺疼的脖颈，像对待一个发育不良的婴儿一样，小心地擦去我的口水和泪痕，还有进餐时洒下的米汤。她们像看自己一件得意的刺绣似的，横竖端详我无神的眼睛、疏疏的眉毛、多皱的面孔以及花白的胡须。我闭上眼睛，真分不清两只纤手有何区别。但我嗅觉灵敏时，却能够准确无误地分辨："乌阿"有一股檀木和艾草混合的气息；而米米则是雏菊与蜀葵的味道。当我分辨出来时，就叹息一般叫出她们的名字。她们白天吻我时总是小心谨慎，生怕磨损了我的毛孔似的；而一旦入夜，特别是夜半三更之时，我正好被脚气病折磨得痛不欲生，呻吟不已，她们就不顾一切对我亲吻。她们那唇与舌带着令人惊恐的一丝粗野在我脸部搜索不止，直到最后让我在黑暗中老泪纵横——因为这时我竟想到了米米说过的一句话：他们实也想不出更好的办法了——她们此刻对于我、一个行将就木的人，也同样想不出比亲吻更好的办法了。

　　真是由衷地感谢她们，在她们双倍的温暖体恤以及无形的鼓励之下，我奇迹般地挺住，竟然在淳于林喜悦而激动的禀报中能够侧耳倾听。当然我仍卧榻上，一是体力不支，二是一个即将被扶上王位的老人已对这类禀报彻底乏味。淳于林将军告知：经过一班人全力忙碌，各种事项均已周备；宴会、典礼、贵宾、仪式、祭祀、阅兵、颂诗……几乎无所不包；另外，由大言院贡献的一座厅堂已改建王宫，如今装扮得富丽堂皇，美轮美奂；届时将鸣放火炮六响，十二支铜管一齐欢奏；城邑外贵宾除那个最大的亲戚部族之外，还邀请了七八个小部族……我听后暗自惊喜，因为一些闻所未闻的礼仪事项、第一次听说的奇怪名堂，他们竟可以在二十多天内弄得一应俱全。这除了极高的办事效率之外，也实需渊博的知识；而据我所知，城邑内所有人等，均无这方面的奇异人才。出于好奇，我不得不问几句原委。淳于林将军的回答则简洁明了：

"先师，在我们彼岸来的这班人中，对这类事是不会有什么大难为的。"

淳于林最后告知大典之日，使我又是一阵惊讶。因为时间过于仓促了。我借口还要备下一些好的行头，想拖延几天；淳于林马上说："先师不必过虑，一切已悉数弄好。王冠是纯金的，我掂了掂，比一张弓还要沉呢。衮服也做得考究，共三件，式样尺寸都再三琢磨，不会错的……"

我再无言。

三天之后就得放弃"先师"的称号了。这竟让人产生出特异的恐惧。

第三天夜，我再无法在榻上躺卧，对身边的"乌阿"和米米说："扶我出去走走吧！这脚气病非把我提前打发了不可！"我在她二人的搀扶下往街巷走去。到处是浓烈的喜庆气氛，灯红得让人发腻。我让她们引我远一点，躲开这喧闹与红色。她们问到哪里去？我想了想，说就到沙岸上去吧！

我又伫立在甘子墓前了。这时我比以往更加清楚，在这些年里，我爱任何一个人都没有超过甘子。他是我暮年里真正的安慰，他是一切……海浪哗哗作响，不急不缓冲刷沙岸。星星繁密，然而无月。黛蓝的海水荡着星辰，多么神渺难测。我仰头看去，目光掠过一片苍茫。再往前，无尽的远途即是彼岸。那是我的故地，居住着杳无音信的亲戚。他们几千年后也难以遗忘我这个不肖子孙。

那时候他们会对我指指点点。他们议论起我来会说：看，一个在逃犯！或者说：看，一个羞羞答答做了皇帝的人！

面对这片茫海、比茫海更加难测的历史，我一个人能有什么办法？谁来见证和记录这一切呢？有些隐秘将随肉躯埋葬，永无回应、永无诠释。谁知道呢？我在最不适宜于做新郎的时候却不止一次地完婚，在最厌恶皇帝的时候则戴上了王冠，今后大概还要在最不愿意死亡的时候死去！

看看吧，命运就是这样捉弄了一个老人。

"今个是几日了？"我像在询问夜海。

"先师，第三日了，明天一早就……"她们一块儿回我，声音小得如同鸥鸟悄语。

1992 年 8 月 8 日—1996 年 6 月 10 日

于龙口—济南

附：

忧愤的归途

一个人从事一种工作久了，就会怀疑起工作本身的分量，或多或少地去做职业上的比较。这种比较常常是加重而不是减少了怀疑。我倒是越来越觉得，干什么都差不多，都是活儿，关键问题是觉悟的高低，是对自己的理解。这就安于了本职，比如说挚爱了写作。

写作的长处是能把觉悟和理解活生生地举起来。人由母亲生下，慢慢长大，启步向前，一直走下去——旅途上会产生各种各样的感觉，但最后大致统一在两种大感觉里：一种是一直向前、走向很遥远的地方去，可以称为"出发感"；一种是越走越近、正从远处返回来，可以叫作"归来感"。

　　"归来感"常常是老年人的，但又不仅仅属于老者。它是同时看穿了失望和希望的人才拥有的。由此我想，一个好作家应该是归来感很重的人。

　　走向一个注定不会变更的地方，走向"母亲"身边——我们走过了，别人还要走。人生有欢愉，也充满了苦难坎坷。所以说，给出发的人以祝福，给归来的人以安慰，是最必要也是最必需的；能始终坚持这样做的，就是通常所说的好人。有多少忧愤就有多少爱：爱人，爱生命，爱理想。人活得真难，我们正是因此而忧愤。

　　即便到了今天，即便人类心灵上的秩序如此混乱，高贵与卑贱之分还会依然存在。我们仍然这样认为，并以此抵挡着自己的堕落，也抵挡"前不见古人、后不见来者"的孤寂与哀伤

1993 年 6 月 4 日